窗前，
有鸟儿飞过

梁会平◎著

北京日报出版社

图书在版编目（CIP）数据

窗前，有鸟儿飞过 / 梁会平著. --北京：北京日报出
版社，2018.7
ISBN 978-7-5477-3010-2

Ⅰ.①窗… Ⅱ.①梁… Ⅲ.①散文集-中国-当代
Ⅳ.①I267

中国版本图书馆 CIP 数据核字（2018）第 143509 号

窗前，有鸟儿飞过

出版发行：北京日报出版社
地　　址：北京市东城区东单三条 8-16 号东方广场东配楼四层
邮　　编：100005
电　　话：发行部：（010）65255876
　　　　　　总编室：（010）65252135
印　　刷：成都勤德印务有限公司
经　　销：各地新华书店
版　　次：2018 年 10 月第 1 版
印　　次：2021 年 4 月第 2 次印刷
开　　本：880 毫米×1230 毫米　1/32
印　　张：7.75
字　　数：178 千字
定　　价：35.00 元

序

黄承基

梁会平以《窗前，有鸟儿飞过》为本书取名，言下之意是对童心世界的矜持。童心，指的是一种精神气概，而不是萎弱的气质。

开始读这本书的时候，有一种阅读习惯驱使我要耐心一点，说其耐心，是指在我的潜意识里作者还不怎么出名。但读着读着，我看到几乎每篇文章或线条匀停紧挺，或设色富丽谐洽，或神韵鲜明生动，于是，我便自觉在它温婉的牵引下遨游。

这本散文集，不单较成功地表达了一种纯朴自然、气韵和谐的美学意境，而且这种意境中又大多溶解了一种强烈的人生意识。这种意识也就泛化为作者一种审美定势。

其实，读这本集子时，我说不上惊叹于一般散文意义上的优雅，而是为梁会平毫无面具、自由之极的写作态度感到震惊。她甚至以低哑颤抖的声音，用苦恼、焦灼、挣扎、痴狂的思想犒赏自己，并以此作为她创作的自我复归与自我确认。

如《两间老屋》，它尝尽了人间苦难，但它又多么清楚主人在人生历史上的重量，这种特别残酷、也特别响亮的生命冲撞，背后都埋藏着梁会平理性的激潮。老屋，其实是人格内核的直接外化，是一种美的艺术创造。

　　童谣是一种心态，是一种又质朴又温暖的人生态度。比如《垃圾车上的爱》，写的是一位环卫站阿姨把熟睡的孩子放在垃圾车里的情景，她一边工作，一边呵护孩子，母爱关注的目光一刻也未曾离开过。这样的际遇，这样的情感演绎，岂不是一种超乎寻常的安排？

　　童谣就像是清晨时草尖上的那颗露珠，纯净质朴，滋养心灵。梁会平在《记忆里的事》写道："女儿的前世是爱着父亲的一名女子，只因前世无缘，今生便来投胎，厮守于他的怀中。"恬淡而优美的灵魂历程，因血缘关系更有爱的激情才显得如此传神。

　　当收到高中的录取通知书，"那一天我高兴得生了病"（《童年的界定》），这样的句式在梁会平的集子中也许是一种颇感得意的笔墨习惯，但正因为这样的发现，也就带有整体性的境界、感觉、悟性。

　　"快乐一定是最亮、最红的那一枚。""生命的每一秒如不用于快乐，那简直就是一种浪费。"（《笑对人生风雨》）梁会平着迷于诗意的生活，这样的认识是需要慧眼和文化氛围的，陶渊明"采菊东篱"是否就浪漫了呢？不见得，所以我认为，诗意是心灵的投射，有心，即能投入哲学的沉思和诗意的讲述；有心，就能找到一个鸿儒云集、智能饱和的圣地。

　　"我把悲痛视为了常态，把不幸视为了理所当然。"（《不敢幸福》）我深知，道出这个话题有时是大煞风景的，对悲痛和不幸，唯有沟通和理解，才有理性的聚合。梁会平的是非判断因此常常设局，所蕴含的道理有跨越时空的感觉，为生命这个传说增彩添色。

　　"一个放在人堆里你怎么也不会注意的女生……尽管她并不漂亮，但对这样的学生我是喜欢有加的。"（《女人原来可以不漂亮》）梁会平的散文多用反讽，善于将普遍性蕴于特殊性，让习惯认知的人既有点谦恭畏惧，又不想失去自尊，作者的这种文化观照，是以唯物辩证法作为印证的，而对于当下人们不太合群或相互挤压的心理，也是一个不小的嘲讽。

对于写作者而言，有时，我们把太多的目光留给别人，我们总觉得别人很好，却忽略了自己其实也是一道风景线。我认为，为自己感动，最后才能感动别人，不在乎别人的撇嘴与白眼，就像因为自己捡起了路边的一张废纸片，以这样的一个小举动，保持了环境的清洁，说明自己心灵的美好。照此推理，文章虽难，有此心在，再难也得风雅。梁会平也许已经注意到了这一点。

看了作者游戏式的简介，我读懂了梁会平在写作的时候完全像与世隔绝的自由人，自由起来的她开始专心致志地玩着每一个文字，天真悠然，心满意足，原来写作是一方绝好的盗梦空间，感觉像有太阳从西边出来，吟完最后一个字，喝完最后一口清茶，作为一个真正的书童，拥书入怀的心情甚是潇洒惬意。

母语像是蜗壳一样，每个人长大了都要背着它游走四方。而童谣是最柔最动听的母语，它里头糅进了时间与习俗，然后又悄悄地把智慧和才情放进去，最后给人安慰和怀想。

梁会平一直生活在"夹皮沟"之称的南国田林县，一方观景台成全了她现在如此的感悟，但我敢说，写作似乎注定要与苦旅连在一起的，无数个观景台才会获得更大更宽的生命脉流和搏动。是为序。

（黄承基：广东省社会科学院文学教授，国家一级作家，著名诗人）

自　序

　　窗前，黎明的微熏中，远山如黛，有自由这只鸟儿，轻灵地飞过……

　　我的文字也如一只只自由的鸟儿，在我心灵的天空划过，留下一些沉静的墨痕，记载着心灵最初起时的悸动，就在指间不经意的划动中，这些痕迹随着岁月逐渐抹上一层斯人已逝的苍凉，物是而人非的怅惘；在这种怀念当中，我的文字总不免染上一层怀旧的感伤，然而随着岁月的老去，往事也亦混沌，我的文字偏要在这样一种混沌中现出一片惊人的清晰和惊醒来，往事便也历历在目；在今日的从容里重拾昨日，就不复是昨日的仓皇了，对于过往的生命就更多了一份理性而从容的思考。

　　它同时也承载了我一部分生命和魂灵。

　　我想这便是我文字的意义吧。

目录

第三辑　温情·怀旧

第四辑　闲趣·随心

第一辑

云游·我见

西藏，白云和着阳光跳舞的地方

　　有的地方离开了，怀念才刚刚开始，对于西藏的感觉就是这样。

　　相信每个到过西藏的人，对于西藏都会形成这样一幅映象：高远晴蓝的天，朵朵飘逸的洁白的云，纤毫不染的纯净的空气；手里转着转经筒的藏民，披着暗红色长袍的喇嘛、僧人；"唵、嘛、呢、叭、咪、吽"时刻回响在耳边的六字真言，朝圣路上虔诚地磕着等身长头的信徒；气势恢宏的布达拉宫，雪山、湖泊、草地……这些太多独具一格的印象组合在一起，与你的内心吻合、重叠，在你的内心激起阵阵涟漪，这些涟漪就是每个人的西藏印象。

拉萨——一个白云和着阳光跳舞的地方

　　拉萨的白云会跳舞，和着朗朗的高原阳光，天是蓝净的幕。在拉萨的日子，我常常会傻傻地看天，看悠悠白云的舞蹈，而只有拉萨的天，才有如此的纯净，纤毫不染；也只有到过拉萨，到过西藏的人才知道，哦，原来天可以这样的蓝，云可以这样的白，阳光可以这样明朗，空气可以这样纯净，人可以这样单纯。

　　我是在飞离拉萨三小时后，在昆明街头，当小商小贩漫天要价时，我才警醒过来，赶紧恢复思维时，才发觉自己开始强烈地怀念拉萨。

　　我不知道我怀念的是什么，总之，拉萨给我的感觉是那样的洁净，这种洁净不仅是地理上的，更多的是指人心，这是任何其他城市都不可能给我的感觉。在拉萨我可以活得很傻，在布达拉宫前的北京中路，我可以在那傻傻地看过往的行人，同时享受着高原阳光慷慨的照耀，在拉萨，懒懒地晒着阳光没有任何人认为你不正常；看到最多的是左手拿着佛珠，右手拿着转经筒转着，口里不停地念着"唵嘛呢叭咪吽"六字真言的藏族老阿妈；在布达拉宫后园白塔下，围着布达拉宫城墙的是长长的金黄色转经筒，经筒转动的吱嘎声，由着一双双手的拨动，经筒转动发出了呼呼风声，当你绕过了长长的围墙，也转完了那长长的经筒，你俗世的心真的可以静下来。

　　"回到拉萨，回到了布达拉"。"客树回望成故乡"，回城途中，先看到布达拉宫，后看到拉萨，它成了拉萨独一无二的标志。

雄踞的布达拉宫

　　宏伟的布达拉宫雄踞在拉萨的红山之巅，是一座举世闻名的宫堡式古建筑群，距今已有一千三百多年历史。这个地理位置坐北朝南，在拉萨无论从哪个角度哪个地方都能看到它，它高高地雄踞在那儿，集王权与神权一体。里边的格局给人的感觉阴森，王权与神权是如此高高在上。民间的财富被搜刮至此，塑成了这些死去权贵的金身。布达拉宫内五世达赖喇嘛的灵塔共用黄金十一万两，珍珠、宝石、玛瑙等一万八千六百七十七颗。布达拉宫内部精美豪华的装饰，一方面是藏民族艺术宝库，另一方面也折射出旧西藏贵族与占人口百分之九十五以上的农奴之间的巨大差别。

我是从沃野之都、繁华之地的西安直飞拉萨的；而当年的文成公主也从繁华之帮的古长安出发，一步一步丈量着涉过千山万水到达这块贫瘠而凶险之地，历经数年，我却只用了短短三小时就到了。松赞干布用最高的礼遇在红山之巅修建了这座布达拉宫，迎娶这位来自东土大唐来的和亲使者文成公主。想必文成公主在异旅生涯中也曾回望长安路漫漫吧。昔日的皇族生息之地，今日却成了平民的旅行观光点，不由得感叹世事无常的变迁；同时也感到生活在这一个时代无疑是幸运的。

带来平安的国防绿

清晨五点，西藏的天依然是全黑的，走在七月清冷空气里的拉萨街头，内心的感觉是无比安全的，这安全感来自于五步一岗、十步一哨的街头国防绿的身影，他们二十四小时都在值勤。微薄的晨曦中，我久久地凝视着那笔直的国防绿的身影，我知道这些身影会在危险来临的那一刻冲到我身边保护着我。

我看到过太多这样的身影了："5·12"抗震中，在"98"抗洪中，在一切最危险的前线——这些身影让人泪流满面：当他们置自身安全于不顾，当他们疲惫地倒下，一排排静静地睡在街头，你会感觉到他们是人民的，是人民的子弟兵……

那样挺直的国防绿的身影，在这片雪域高原，很美，很美。

小儿化缘

在拉萨的街头，你会时不时地遇到一些乞讨的人，这些人大多为藏民，只是他们乞讨的方式或者说是神情与别处是不一样的。他们静静地走过你身边，抬头望着你，口里念着六字真言，神情满是恬静，目光里你看不到贪婪、猥琐，仿佛他们做的并不是一件乞讨的事，也许在他们眼中，这样的乞讨换上另一个词更为恰当些，称为化缘吧，大唐时期的贫僧唐玄奘应该算是他们的始祖了。如你有零钱，就递给他们一些，他们会虔诚地为你念着六字真言；如你没有，你只需把目光望向别处，他们会从你身边静静离开，再回头时也不会再在你身边驻足，他们乞讨得很有自尊。我望向他们的目光里没有半丝嫌弃，我知道这块独特的雪域高原上，是不能拿平常人的心态来衡量的。在这块土地上，藏传佛教具有无边的力量，他们的内心是我们所无法体会的。

后来，我认识了一个小乞儿，约六七岁的光景吧。是个让人一见就喜欢的小男孩儿，长得非常可爱，他念着六字真言，走到我坐着的桌子旁边，用异常纯净的目光望着我，我递上一些零钱，附带加了个小条件，让我为他拍张照，他同意了，很认真地安静地看着我，我拍下了他纯净的目光。后来在去往色拉寺的路上，我见他在路上磕着等身长头，旁边一些行人在给他一些零钱，就问他："你不念书吗？""我听不懂。"我无法与他深谈下去了。后来在一个居民小巷里，我再次遇到了他，这次他没有在化缘，而是在与同龄小男孩们玩耍，冲着我一笑，我会意地回他一笑，我明白了：化缘只是他的业余爱好，玩耍才是他的本性。

美丽的藏民居

藏民族是一个深谙美道的民族，在我眼中，藏式民居是最美的。门庭的修饰赋以最为艳丽的色彩，底色多为纯净的蓝，那样的花纹多与他们信仰的藏传佛教有关，那些花纹，我曾在布达拉宫、大昭寺见过，门的顶端，多半人家会放置一具牛头骨架，也许有独特的寓意吧。窗楣也是最美的，饰以五彩缤纷的纹路绕着，时不时有鲜艳的盛开着的盆花，透出主人爱美的心意，于游人而言，也悦了目赏了心。房子四周的最高处都会插上五彩的经幡，藏民们认为风过处，经幡的响动就代表着他们诵了一遍经，祈了一遍福。这样的经幡也称为"风马旗"，"今日风马升起来，袅袅升向空中。没有升起的风马，请连连升起。满是吉祥，风马哟，愿你都升入高空。"在高高的山冈，在横跨溪流的两岸，在这样通透的纤毫不染的天幕下非得有这样绮丽的五颜六色、迎风招展的经幡与之相配方可。

在广大藏区，经幡亦是一道独到的人文景观。

藏式小楼多为两层，四周围着围墙，形成一个小院，院中多栽种花草，时不时地在这样的里弄里走着时，从半掩着的门向内望去，有时会见到小轿车，户主的家境多半是殷实的。仅从民居上看，藏式民居的门面都很美，让人感觉到门里边的生活亦很幸福。藏北民居更为朴实、大方、简单、厚重；而藏南民居则稍嫌华丽，有小别墅之嫌了。尤其在藏南林芝至雅鲁藏布江大峡谷一带的民居就不仅仅是漂亮二字了，简直就是一座座独门独户的小别墅。让身处鸽子笼中的我们惊起一片片艳羡了。据导游说是国家援藏基金修建的。

心中的纳木错

她美轮美奂得像是天上王母娘娘的瑶池遗落在人间，你站在她的边上，她美得让你忘掉一切，你只能半张着嘴，静静地傻站着，一瞬间，你似乎还无法接受有这样真实的美。她的湛蓝，蓝得迷离而飘远；她的静，只有高原上吹过的风拂过你的耳旁；她遗世而独立在这片凶险的雪域高原上，在每一位爱她的不远万里而赶来的有缘者面前，敞开她洁净的怀抱，她那样圣洁，她清澈见底的水波不忍心让你触碰，仿佛一碰就会弄浊了她。

纳木错有一个美丽伤感动人的传说：念青唐古拉与纳木错原为一对夫妻，唐古拉犯了通常男人都会犯的一个错误，又有了一位小情人巴松错，伤心的纳木错便来到了这个海拔 4718 米的高原，离世而独居，她的泪水于是化为了纳木错；而他的情人唐古拉怀着内疚赶来，化为了神山念青唐古拉。这对神山圣湖情侣，就这样相守着，直到地老天荒。

其实，在路上，就已经很美

独自在路上，一步一步丈量，涉过千山万水；景在路上，我在边上走过看过记下，然后会选择性地遗忘。

仿佛我们就行走在天边，西藏的任何景观配上了西藏独有的蓝净的天幕无论如何拍皆有了明信片的效果。在这样纯净的天幕下，人仿佛是通透的，从西藏归来，感觉人被洗过一番，从内到外，通透、舒坦，心也松了，心也净了，心也如那儿的景观般纤毫不染。

这就是西藏，传说中离天堂最近的地方。

在西藏久了，心仿佛也被洗过一般简单透明。

乘飞机抵达拉萨，在西藏上空，看到了千年不化的雪山顶，光秃的莽莽群山，带着对高原反应的一丝恐惧及这块土地的种种神秘抵临了，一下飞机，初来乍到的我仿佛进入了另外一个截然不同的世界，高原上纤毫不染的天空，它的与众不同在于它的明净，在你看惯了灰蒙蒙的天空的压抑中，突然变得通体舒泰，仿佛一个全身经脉被堵的人忽然间疏通了所有经络一样。

我赶紧抢了导游的零号座，贪婪地一饱眼福，放眼望去，满眼皆是明信片般的风景，就连大巴的后视镜，映出的也是一幅幅风景画，无论如何的景观，衬之以西藏独有的蓝净的天幕，都是那么美；就是傻瓜亦能拍出最美的画面来。

而藏民的面容，多半是刚毅中透着纯朴、憨净，一如这西藏纤毫不染的蓝天般通透。就那样笑着望着我，我知道那笑容像西藏的天空般纯净，只可惜我除了那句网管少年教我的"贡干啥（你好）"，再也憋不出半句藏语。

离开了，而西藏仍在心中久久盘旋，在梦境中，自己仍身处那藏北大地，心也如水洗过，原来这样的净，是一种滤化，从身到心，从外到内，在这离天堂最近的地方，尘世间的一切变得遥远，内心于是变得海阔天空起来。

在路上，过的其实是一段"出轨"的日子——脱离了日常生活轨道。"出轨"的日子里，最适合独游，你的所有感官都像是灵敏度极高的接收器，你的眼睛、大脑捕捉着沿途所遇。在陌生的时空中，沿途的景观、遇到的人都是上天所赐的一段缘分：他们不经意地入你眼来，如其中有的人与你情投意合，惊喜中，你发觉对方与你竟是同类性情中人，于是引为知己，那确实是最大的收获了。

更有意思的是，在很多三十公里限速路段，路上时不时有免费的"交警"在用它们的身躯执行着最为自然的减速，这些免费的"交警"有穿着黑色"超短裙"的牦牛、披着"白色卷毛外套"的绵羊、花花的狗狗、黑不溜秋的小猪等。它们是高原上的主人，从容地在自家路上闲逛，哪有主人家给客人让道的理呀。

"不要问我从哪里来，我的故乡在远方。为什么流浪？流浪远方。"如你有流浪情结，那么到西藏来是最合适不过了。在西藏，你会遇到很多与你一样的"疯子"，来的去的都是热爱西藏的人。归来后，西藏仍时不时入我梦里来，我恍然仍觉得自己置身于那蓝净天幕下的藏北高地，披着一条艳丽披肩的自己，像极了异域荒漠中传说里的女巫，没人知道我从哪里来，而我却确确实实地曾站在那块荒僻的藏北高原上，身后是美丽的纳木错，蓝得迷离而飘远，亦如我漫天的思绪……

在西藏的任何一个地方，只是在路上，其实就已经很美很美。

西藏归来，就哪儿也不想去了，它犹如唐明皇的杨贵妃集三千宠爱于一身，是的，西藏就是有这样独到的魅力。

西藏归来，从此心安……

以匍匐的姿势与命运达成和解

——游历藏北感与悟

"永远要记住，在某个高度之上，就没有了风雨云层。如果你生命中的云层遮蔽了阳光，那是因为你的灵魂飞得还不够高。这时候你应该做的是使自己上升到云层之上。"——摘自斯宾塞·约翰逊《珍贵的礼物》

任何人的命运其实都是一样的：那就是生老病死，一切生命皆然。无可抗拒。

藏北高地

我来到这海拔五千多米的莽莽高原的时候，这里风和日丽，朗朗的高原阳光一扫心里的阴霾与不快，我在都市便利而烦躁的生活里打滚，我抱怨汽车的尾气、噪声的污染，抱怨高昂的房价……在这洁净的藏北高地，天空蓝得令人惊讶，这儿离天太近，云大朵大朵地在你身边起舞。我不属于这，我是个旅人，这样的景象于我是清新的，是震撼、寄托与放逐；而对于逐牧草而居的卓玛一家而言，是寻常日子中的一日。

在这海拔五千多米的荒芜的藏北高地，除了一些极为低等的草被之外，不再有生命的痕迹。然而就是那薄薄的一层草被却仍然成为了藏牧民赖以生存的依托。一顶孤零零的黑色帐篷支在那辽阔无际的高地上，一家人晨起的炊烟袅袅，暮色四合，群群白羊，主人挥舞着羊鞭归家的身影，是那片寂寥的土地上唯一的生命的剪影，与那片极为凶险的高地和谐共存。

生存在那片海拔最高的地方不再是值得炫耀的事，当你来到这儿，当高原反应折腾得你头痛欲裂，当你仅仅是轻轻地踱着步子就已是气喘吁吁时，你无法想象人这种脆弱的生物何以能在这生生不息下去……

卓玛家帐篷不远处，就是在所有旅人眼中美轮美奂的圣湖纳木错，更远处是神山念青唐古拉，神山圣湖在卓玛心中圣洁无比，每日里与它们一同醒来，当第一缕阳光照在雪山顶上反射出万丈光芒时，虔诚的卓玛们在湖边堆起了玛尼堆，堆起无数对神的祈念……

在这生命禁区的高度上，神与卓玛们同在。

高原的风是凛冽的；高原的雨是磅礴的；雷是霹雳万钧的。命理于卓玛一家而言，是高原的风雪雷电，是瞬息万变与无可把握，在凶悍的高原自然面前，卓玛们选择了与神同在。

我见识了高原变化无端的天气，和风细雨之初，一忽儿之间便会雷霆大作，不知在这一片光秃秃的高地上，那顶帐篷能否存载这一番风霆雷电，我没有去体验一年四季中，藏牧民们是怎样与自然分庭抗礼，又是怎样与自然共存，他们以一种怎样的姿势与自然、与命运达成和解？

梵音袅袅

面对凶险的自然，对待多舛的命运，他们选择了以一种匍匐的、坚定不移前行的姿势，他们一步一步叩着等身长头，向着布达拉宫的方向朝圣；无论是冬寒还是夏暑，无论路途有多遥远，他们坚定不移，没有什么能够阻挡他们虔诚的朝圣的脚步；顶礼膜拜着上苍与神灵，仰仗于神，他们与命运达成了和解，他们脸上祥和的光芒，恬静，安适，仿佛风雨从不曾有过；安然地面对个人的命理，天人合一的理念，让他们死后的肉身经由神鹰进入到下一个轮回，重现在每一个卓玛、格桑等美丽的藏族名字里，卓玛在藏语里是仙女的意思，格桑指的是幸福。

在卓玛的心灵家园里，必定已没有风雨；神把她的灵魂托到了云层之上，卓玛的脸上异常的宁静。自然的凶险，人的永恒命理在云层之下翻腾着，卓玛只是依偎在神的身边，俯身静静地看着，心如莲花开，"唵嘛呢叭咪吽"六字真言的梵乐袅袅而起……

魅影一般的周马峡谷

一直听朋友说周马峡谷"好看得很",但如何个"好看得很",朋友却说不上来了,也许它的好看是不能用言语来形容的吧。朋友只说:"到了那,你这个臭文人自个儿形容吧。"也看到过登在《田林文艺》封面的图片,却仍在脑中形不成什么轮廓。今日终得成行,与它有了一面之缘,总感觉它如魅影,在你眼前闪过之后,从此它便牢牢占据在你的脑海,时不时地在你的眼前闪回,你再不能将它忘却。

到了弄瓦之后,朋友找了条渔船,船太小,如坐不下就让我自个儿在弄瓦街瞎逛等他们捞鱼回来只管吃就好了。朋友深知我的习性,为了看雅鲁藏布江大峡谷可以不远万里,何况到了周马峡谷的鼻子底下,岂有不去之理?"她可是我们第一个保证要去的人。"朋友强调道。

船行在驮娘江面上,江水还是滚黄的,"潮涌大江流",正是雨季,滔滔江水滚滚不息,深谙这条江习性的渔家灵巧地避过浪峰,平稳地穿行在江面上。我放了心只管瞅一路的风光,却只觉满眼的平淡无奇,两岸的景色无一奇特之处,扛着相机却发现没有什么独特的可以拍的景。"这风景没什么奇特之处呀。""别急,到了周马峡谷,怕你拍不够呢。"朋友的语气笃定,我嘟嘟嘴,哼，只怕你言过其实吧，就这一带能好看到哪去？

一路上，两岸要么是当地人种的玉米地，要么就是一些常见的灌木丛，两岸的植被郁郁葱葱，虽算不上奇景，却也是满眼绿色，配上滚黄的江面，大块的黄，大块的绿，大块的蓝天，这样明艳的色彩对比，满是浓浓的天然情味，人泡在大自然里，心情自然也轻松适意了。

随着船只渐行渐远，两岸景色渐渐有些不同，时不时一两棵风干裸露的树干，枝干直指苍天，犹如天问；而树木也更为浓密，有几条水牛在岸边的山坡上悠闲地吃着草，几群蝴蝶围绕在它们身边翩跹起舞，能有成群的蝴蝶的地方就让人感觉有几分深幽罕至了，莫非周马峡谷真的美不胜收？

"秀美的溪岸，清幽的峡谷，

准备踏上轻舟赴远途，

可是，刚刚踏上山径，

止不住留恋的热泪涌流；

峡谷对面传来古老的歌声，

尽管不知道谁是吟唱的歌手——"

多年前读过的胡安·拉蒙·希门内斯的诗句，此刻就在耳际萦绕，诗中清幽的峡谷仿佛就在眼前，而这样一个人杰地灵之处一定会盛产一些故事与传说吧。"一些珍稀植物都能在此找到它们的踪迹，如苏铁、蚬木、桫椤等，两岸峭壁上更盘旋着苍鹰和燕子。

"注意了，前面就是周马峡谷的入口了。"经过前面平淡无奇的七八公里的行程之后，终于可以揭开周马峡谷的面纱了。到了周马峡谷地界后，一路汹涌着的江浪奇异般地波平如镜起来，船只驶入周马峡谷，只见两岸悬崖壁立，犹如两幅立体的水墨中国画分立两边；然而纵使是水墨大家亦无法调出如此清幽的色彩，绘画大师也无法绘出这样奇异的线条。崖体本身的色彩凝重，裸露出岩石本身，其上又有千条飞瀑流痕，崖上点缀青绿的小植被小灌木，更有一些古藤老树，结着厚厚的青苔，层层叠叠；接近江面的崖体，经阳光、风、雨、浪通力合作，并藉以千年时日，形成了各式各样的倒吊着的钟乳石，大自然的鬼斧神工在塑造它们之时也没按什么模子，因而它们的形态各异，看不出像什么，似乎什么都像，又什么都不像，一会是神龟探海，小熊抱树，观音合十；一会又是群雄逐鹿，两石对峙如猛虎把关；更令人称奇的是有一处看上去整个像石头版的世界地图；沿江而下，拉远了距离，换了角度，它们看上去又是另一番模样了，正所谓你心是佛，所见便是佛，周马峡谷只适合留白，适合你无尽地想象……

然而更让我窃喜并深有感触的却是在这儿见不到任何人类的痕迹，感觉到了史前世界似的，周马峡谷如一位静静地屹立千年的处子，雄奇壮美；它的每一寸肌肤未经人类的染指，保持着它纯出天然的那份处子之美；在它身上，我们既惊叹大自然的鬼斧神工，亦敬畏着千年光阴的历练，如没有大自然的鬼斧神工，没有千年光阴的历练，它又何能以眼前这番雄奇，这番壮美屹立在我们面前？

周马峡谷是大自然馈留给人类的一处绝世的大手笔，它历经大自然千年的锻造，才成就了今日之神奇；只希望人不要在周马峡谷面前变成一只贪吃的狼，周马峡谷经不起人类的染指，它犹如宋玉笔下的绝世美女，"东家之子，增之一分则太长，减之一分则太短；著粉则太白，施朱则太赤"。如周马峡谷也像众多已开发了的景观一样，它便如一位原本清纯自然的女子不必要地涂了诸多胭脂俗粉般立马变得俗不可耐，让人不忍卒读之。可以想象一下，如周马峡谷中那些造型各异的钟乳石也如桂林卢笛岩般装上彩灯，两岸架上钢索桥，那些各自迥异的钟乳石上画满了"某某某到此一游"的涂鸦，抑或是某某政要来此一游一时兴起，非得在它的崖壁上留下他斗大的手笔，那么周马峡谷屹立了千年的胴体将不再洁净，人类的爪牙伸向了自然的每一个角落，周马峡谷怕是连喘息的机会也不再有……

　　长约一公里的周马峡谷在我相机不停的咔嚓声里到了尽头，而再高级的镜头亦不能拍出其美之一二；除非亲临，我这臭文人也无法用恰当的词语来向你形容它。船只调了头，我多想再在这儿静静地停留一会，"相看两不厌，只有敬亭山"，而我与周马峡谷的相看是不厌的，它是大自然千年锻造出的绝世大手笔，它的史前世界般的清幽，它的瑰美与雄奇，无不让我对大自然怀着深深的敬畏，再次与它擦肩而过……而在我心里则永远保留着这一份初见，只此一面我再不会将它遗忘。也许相见不如怀念，只此一别我便可以将它永久地存在脑海里，惊鸿一瞥之后，是永久的惊艳与难舍，却不必再去细细瞅它。它的美，不需要人类的参与，浑然天成。

　　我们的船只穿行在它的中央，在波平如镜的江面上画下道道涟漪，船只渐行渐远，水面复合，没有留下我们来过的任何痕迹……周马峡谷，就让它静静地保持它千年雄浑的处子之美吧。

丽江的柔软时光

时间是有刻度和硬度的。然而，在丽江的时光却忽而变得柔软起来，时光也不再飞奔着脚步，它变得很轻盈，悠然。阳光也忽而懒洋洋了，它漫不经心地轻移它的细步，在点点细细的光影斑驳里，轻吻着古镇湿漉漉的石板路，轻灵飘逸的檐角，甚而古镇人脸上绽开的花……

如果比之于西藏的苍茫、大气、恢弘，那么丽江是小家碧玉的；西藏有着虔诚圣洁般的宗教情怀，让人的灵魂经过圣洁般的洗礼，而丽江是温柔而多情的，它根植于生活又情迷于生活，用那股子痴迷生活的艺术劲儿打动着你，它浓浓的生活味儿几乎体现在每一件迎面而来的小物什上。可以说丽江是用来抚慰生活的，它犹如流自玉龙雪山的清澈的小渠里柔柔的水草，柔柔的却能抚平你多褶的心……

束河的诗意

束河古镇的模式沿袭着大研，仍然能保持着一些当初的模样。房屋沿水而建，对于初来乍到的人来说，要在这古镇识别方向亦很简单，人们指路时，不再分东西南北，不再分左右，只叫你顺水而上或而下就可，你若进镇，只需顺水而上，若出镇则反之。对于我等方向盲的人来说就再简单不过了。这样的指路模式，也只有丽江和束河才有。

束河离丽江城也就两元钱的路程，到了束河古镇的门口后，可自个儿沿着清澈的溪流而上，直至溪流的源头九鼎龙潭，也就把这古镇玩完了。古镇虽小，却小得玲珑雅致，诗意盎然。先说那水边的家家店铺，外观上古色古香，青砖古墙碧瓦飞檐，古朴的窗棂，充满艺术小资味及民族风情的招牌，四扇对折门前悬挂着大红灯笼，门前又点缀着些生意盎然的花花草草，门里边摆着的全是一些民族的工艺品、服装、刺绣、木雕等，游人也忽而被古镇所同化了，姑娘们穿着的多半也是五颜六色的当地服装，不注意细看，迎面飘来的长裙摇曳的女子以为是当地的妹妹，细看却是正儿八经的游客。女游客们似乎一下子就改变了自己多年的着装风格，也被这轻灵飘逸，自由自在的裙裾所感染，非得穿着它摇曳生姿才表示自己身处古镇似的。

古镇古色古香的房舍，蜿蜒流动的清幽的碧水，使古镇本身就有了一层生活的诗意，依水傍山，空气中又多了份都市里难得的清意，甚至在炎炎夏日里亦很清凉，这一切使得整个古镇让人看了就不想走，于是有好多慕名而来的人留在了这里，而他们亦同样为古镇增添了一份诗意。古镇除店铺之外多的就是各式各样的客栈了，这里的客栈似乎集中了所有的创意，它们一个赛似一个地比美。单看这些客栈的名字：柔软时光、梦画、小破院、初见、德拉姆等就已洋溢着浓浓的艺术情调。你轻轻地推开院门，不会有任何一个院落会让你失望，这里似乎集聚了所有的艺术家，每一个人都把自己布置庭院的创意挥洒到了极致，商业的味儿淡了，这里或精致或古朴的艺术情调让你流连，让你忘返。

也许每个人心里总存有一番对生活的诗情画意，但这份诗情画意往往离现实生活很远。然而在束河，这份诗情画意几乎随时可见于每一个看似平淡的庭院里，每个院子里总晕染出一份禅意般的清幽。也许当初的原住居民纳西族人骨子里就有着这份浪漫情怀，方能构筑出这样一个古色古香、如梦如画的古镇。

丽江的魅惑

"人类之卵产生于天，孵化于地，化育于水。"这是纳西族先民对人类蒙昧时代原生形态的认识。

"纳西族人在丧礼中要为死者送魂，把亡灵从家里一站站送往祖先居住地，这条送魂路线实际就是纳西族先民的迁徙路线。"

我从丽江博物馆里的文献中摘录到了这些叙述，也许这能解答丽江古城的选址及丽江古城何以处处皆是碧水环绕。丽江古城在很大的一块开阔地上，躺卧于群山的环抱之中，它位于丽江坝中部，北依象山、金虹山、西枕狮子山，东南面临数十里的良田阔野。丽江古城所在地也叫大研古镇，它其实就是放大了好几倍的束河，然而它少了束河的几分诗意，却多了几分魅惑；丽江古城其实已沦落成了一个商业城，只是借了古城的招牌，很有几分"挂羊头，卖狗肉"之嫌。最能体现丽江喧嚣的是酒吧一条街，到了晚上，振聋发聩的音响传出了酒吧歌手或磁性或性感的歌声，渲染得更多的是一种性灵的放纵，从这自由不羁的歌声中把原本的自我解放出来。灯火通明的丽江古城成了不夜天，很有一番灯光浆影里的秦淮河的艳俗与脂粉气。如果说束河是一位不施粉黛、清丽脱俗的女子，那么丽江古城就是一位施了重重的脂粉看不出原貌的女郎，虽有古城的原貌，无奈承载了太多的游客，在商业潮与旅游潮的裹挟下，古城似乎在喘着粗气地勉力支撑着。

在丽江古城里，你是很难觅到一处清幽之所了。大雨过后，古城似乎可缓口气了，它清洗了一天下来游人留下的痕迹，也像洗去脂粉后的女郎原本清丽的面容。你如想寻访一下远古纳西族原住居民小桥流水人家的生活诗意，你得起个大早，在古城将醒未醒之时，清寂的石板路上一个行人也没有，旁边的店铺紧闭。这时，在氤氲着的湿意里，古城才呈现出了它的原貌：它依然很美，美在蜿蜒流动的碧水带来的灵气；美在碧水边依依的杨柳传出的一份多情；更美在古城人家古屋小桥流水般的诗画生涯，试想想门前屋后，碧水蜿蜒，清澈灵动，晨起，掬一湾碧水濯面，可洗菜可浣衣，而小渠中的水永远清丽自行净化。如此一幅天然诗意的生活画面想来就让人心头柔软……

梦 回 黄 姚

　　拖着行李箱，又走在黄姚油亮的黑石板路上，暮色四合，家家户户门前的红灯笼映出暗红的光，身后是梦里千百回见过的古老悠长的小巷……

　　醒来，是个梦，我平生只在黄姚待了三日，我也才不过刚离开它，它却入我梦里来了。我以为我是黄姚的一个游子，醒来才知，平生我终究只是它的一个过客。我没能参与它的过去，也没能拥有它的将来，我只是来过这里，兜兜转转间，然后又只能匆匆离去。

　　然而它却是我梦里的故园……

黄姚的古：忘了时光

　　"北有平遥，南有黄姚，东有周庄，西有凤凰。"一入景区，这一行苍劲有力的草书映入眼帘，东西南北，既然敢与其他三大威名赫赫的古镇齐名，黄姚定然不让人小觑。

　　每个女子总希望冻住自己最美好的年华，青春不老，黄姚也被"冻龄"了，它把自己冻在了古老时光里，忘了时光。它裹挟着宋、明、清时期的鼎盛繁茂，每一块油亮的黑石板、每一扇花窗，每一棱檐角，每一片瓦片，每一堵砖墙，无不染着幽绿的时光。

曲径通幽，轻步探行，你不知黄姚会以怎样的面目呈现在你眼前，当它带着苍老的时光印记轻展它的闺容，你似乎不忍前进，你想就着眼前的老物，在心里，缓缓地造出一个你自己的黄姚。然而你终究还是忍不住一步一步向前……它以一个宏大的古村落的架势，每一个旮旯里，幽幽地向你诉说它的悠然过往。

曾有人这般形容："黄姚古镇如同一本千年的诗集，被人遗忘在图书馆僻静的书架上，当人们不经意地走过，翻开这美丽的篇章，古朴而优雅的格调立即征服了人心。"

从西门一进入古镇，感觉立刻就不一样了，门里门外两个世界。门外的世界紧连着现实；门里的世界却恍若隔世。黄姚古镇发祥于宋朝年间，兴建于明朝万历年间，鼎盛于清朝乾隆年间，已有近千年历史。因镇上以黄、姚两姓居多，故名"黄姚"。已有千年的古旧的砖墙，斑斑驳驳间，恍惚刻有多少时光的印记。脚下已磨得发亮的石板路，又迎来送往了多少人？古往今来，它依然静静地守候在这里，一如当初……

黄姚的柔：九宫八卦布局

当你像玩迷宫般，兜兜转转于街坊小巷，你会发现古镇的柔，这种柔的感觉像是在打太极，印象中似乎感觉不到直角和突兀。它的每一个拐角都是缓缓形成的。一屋比一屋稍稍往街道递进一些，渐渐地形成了街道的弯曲，在不易觉察间，街道就转了弯。它的街道不是笔直的，却比笔直的单一更多了番韵味。它轻盈地符合了你视觉的享受。如果一条街道能做到如此，倒也不算神奇，神奇的是整个古镇全是如此布局，无论你是从屋前还是屋后，抑或从边墙走过，它的线条都是柔柔地绕着你，由此看来，古镇堪称建筑界的太极。逛完整个古镇后，感觉自己在与太极图里那两条阴阳鱼兜圈圈。

黄姚的街道，每过五六十米就会有一个转弯挡住你的视线，几乎没有超过一百米的直道，使得街道的布局看起来很有犹抱琵琶半遮面的意境。查阅了一些风水书籍才知道，原来古人讲究"好回旋忌直冲"。古人认为道路直对宅门是"冲"，为凶。如果房子对着大路，不能藏风聚气为不吉，所以有了黄姚兜兜转转的街巷，古镇的宅院也都在路的侧面或是在转弯后设门。

而我们一行三人，姐在兜兜转转间，发明了一种独特的山头认路法：既然古镇的每条路皆是相通的，只要记住客栈在哪个山脚下，只管朝客栈所在的山头走，总能走回客栈。只可惜这招认路法在晚上便失了灵，晚上看不到周围的山头了。当姐也辨认不出方向时，我们皆大笑起来。在南方，只听闻指路的人告诉你往左往右拐；然而在北方，就以东西南北为指向了；再奇些的就是丽江了，你问路时，人们叫你顺水而下或逆水而上；到了黄姚却成了朝这个或那个山头方向走就是了。

黄姚的藏：荒村里的隐士

想必古镇的始创建者是位隐士，整个古镇绝非一般人所为。也许是哪位没落且看透尘世的高人的隐居之所吧。又抑或这位高人是位巨贾贵胄，又或这位高人是位饱学之士，总之，古镇的神奇让人不禁对之各种猜想……

古镇是大手笔，它像一个谋士，纳天下于胸怀，外表却不露声色，古朴，木讷，甚至破旧，内里却别有洞天；它像一个流落到民间的大家闺秀，虽着破衣烂衫，却难遮骨子底里的大气。

一千多年前，有位参透世事的道教高人漂泊到此，精通风水学的他看出了这是块风水宝地。黄姚古镇在姚江西岸，宝珠江南岸，兴宁河北岸。倚仗三条自然河道的围护，在三河之间形成的高地上，建起这座街道分布如龟背的古镇。曲折环流形态的河流，是风水学上最推崇的冠带水，且水的出口在东南方向，更是符合风水学"水向东南去"的要求。站在隔江山上，眼前的黄姚古镇周边群山耸立。酒壶、真武、鸡公、叠螺、隔江、天马、天堂、牛岩、关刀九座山峰环绕古镇，这样的地势被黄姚人骄傲地称为"九龙聚穴"。九座山峰中最为尊贵的是位于东北方的真武山，传说为真武大帝化身，是距离黄姚最近、最高的一座山。高高耸立在古镇之东，登上山顶，可将古镇山水尽收眼底。黄姚人认为背枕"龙脉"，能"人杰地灵、财富民兴"。

当我们走到司马第时，当地人介绍说司马第是古镇阶梯式建筑的典型代表，司马是官职，即明朝时的府州通判。阶梯式的步级寓意着步步高升。只可惜大门紧闭，不知内里如何。郭家大院是郭氏后人的宅院，郭姓据说是古镇最大的姓氏，郭家大院外表与别的大院区别不大，古旧，不起眼，待走到里边时，惊诧地发现内里竟有一个两个操场那么大的院子，且有回廊，圆形拱门，分明是"山重水复疑无路，柳暗花明又一村"，完全是大户人家的派头。如你仅仅是在门外，无论如何你也想象不到它的内里却是如此博大。真正的行家是不显山不露水的。

黄姚的情：守望楼

守望楼，是古镇偏东方的门楼，设有瞭望孔和枪眼，民国以前镇上还安排专人在这城楼打更、守关、瞭望，以保古镇的平安顺利，是防御外敌的重要建筑物。看了守望楼的文字说明，知道它的作用主要用于防卫，却何以冠之以"守望楼"？

后来客栈老板向我解释了守望楼的由来：旧时，黄姚的人家大多要么务农，要么经商，丈夫出去经商，妻子在家务农。丈夫经由水路出镇办货，古时交通与通讯都不发达，一去数月，甚至数年，杳无音讯，且当时时局混乱，一路上时有意外灾祸发生。留守在家中的妻子们终日忐忑不安地等候着丈夫们归家，难以平息这种不安，便一起齐聚在这守望楼，翘首以盼候着夫君的归来……

现今的黄姚古镇里多数住的还是原住民，皆为古镇先人的后代，古镇的原住民并不排外，许是血脉里流淌着先人的血，又抑或耳濡目染着古镇的旧时光，民风依然淳朴，古镇人为人大气，少有计较，他们淡然地看着游人这儿拍拍，那儿瞧瞧，东钻钻，西瞅瞅等诸般恼人的行径，并不苛责。我对钻古旧的小巷子上了瘾，也不管钻到了何方，只管钻便是，尤其喜欢似是无路可走却又突然豁然开朗，曲径又通幽这样的感觉。遇到当地人，只要微笑一下，他们就主动给你指路。

古镇人开门即可经商，古镇没有像丽江那样，铺天盖地地被外地商人所拥占。许多商铺是原住民所开，多是卖些当地特产，价格也颇为公道，并不存宰客的心眼儿。空气中时不时传来酱菜的香味，邻里之间互帮互助，往来密切。都是邻里乡亲，傍晚家家户户喜欢出门口来纳凉，唠嗑，天长日久，门前的青石板被坐得油亮，也不知坐了多少代人。其实古镇人要避开游人的喧扰，只要闭上门便可。钻了不知多少条小巷，除了家里没人的人家关门之外，其他人家全是敞开着大门的。这一家家敞开的大门，随时欢迎着客人的串门来访。

黄姚的韵：且坐喫茶

如果一个地方缺少了文化底蕴，这个地方就缺了它的韵味，黄姚古韵悠悠，文化底蕴深厚。进入古镇，首入眼帘的便是它的楹联，每一副楹联皆值得细细推敲。古镇"逢水必有桥，逢桥必有亭，逢亭必有联，逢联必有匾"。

如"百鸟枝头歌舜日，万民得泽乐尧天"；"川达三江，直绕遇珠水姚江，雄吞西域；楼成五凤，特耸出螺峰文峡，关键东门。"珠水姚江、螺峰文峡都是黄姚的山水，意思是河虽小，却能汇大江；山不高，却能踞雄关。联文里的意境远远超越了小小的门楼。

楹联中除赞美黄姚的美景外，多讲为人之道，治家之本，崇尚读书及孝道。如"真诚孝：百善孝为先，诚信做裔孙。勤奋勿忘本，清明祖宗香。""读书高：祖训须谨记，惟有读书高。"其中且坐喫茶牌匾最为著名，寥寥四字，道出了悠闲从容的生活态度，大智若愚，举重若轻，清风朗月的风雅，且坐喫茶，成为文人墨客的诗书礼乐，从前慢生活的真实写照。"万般皆下品，唯有读书高"。从清康熙至光绪年间有史料记载出了十一名举人、七位进士、三位知府。可见此地读书之风盛行，文化氛围醇厚。

黄姚的灵：古井及泉眼

到过阳朔的人都知道，如果单看阳朔的山，尽管美却无味，可那些山一旦遇上了水，展现在眼前的便是一幅幅美轮美奂的山水画卷。黄姚也是如此，尽管它九宫八卦的布局让人感觉到古镇的柔和，但让它真正活起来的却是环绕在它四周，随处可见、让人艳羡的泉眼。且不说古镇是依河而建，小桥流水人家的模式就已艳煞游人的眼了，它偏还要处处显摆它清澈见底的一眼眼的泉水，走在古镇是不用买水的，渴了就到古镇边的泉眼处，掬上一口冰凉的泉水，炎炎夏日里，那种惬意，让你对古镇的人又生一层羡慕。这些都还不够，古镇人热爱自己的故土，环保意识强，那一眼眼泉中偏还快乐地游着一群群小鱼。

这就是我一直想要的故乡呀。

我那也有着悠长石板路，也有那样狭长幽深的老屋，也有那样的三口老井的故乡，那永久沉入了水底的故园，当我在黄姚处处见到你曾经的影子，让我暂把他乡当故乡。黄姚具有了故园的所有要素，慰藉了游子思乡情结，每一位游客或多或少地都能在这寻找到一丝故园的影子吧。我终究只是个过客，于古镇人来说，它即是物质层面上的故乡，更是心灵层面上的家园。古镇先人的宗旨也是让每一个孤独的游子有一个永恒意义的故园，无论游子身居何处。身为黄姚人是多么值得自豪啊！

让我暂借一个故乡，不妨长作黄姚人。

以前，我来过这里

记得，每年春节我的一位友人总喜欢叫我去她家过年，"我们那里风景美得很，你去了肯定喜欢。"而我总害怕那晕车的90多公里的路程而未成行，然而，她的描述却已在我脑中成形。

这次县文联组织的南盘江之旅让我得偿所愿，来到了她的家乡——百乐，这个在她眼中美得很的地方。

我以一个外来者的身份去过很多村庄，离开之后，我就把它们忘了，感觉自己从未曾去过那里一样。

然而，百乐却不同。

养在深闺人未识

从旧州八渡口乘船顺江而下，南盘江一路驮着我们一行人等，她带着我们去窥探她的深闺，与其说是船引领着我们前行，不如说是她引领着我们，她已在这儿千年，这是她的王国，这里有着她众多的子民，只不过在她这位祥和的主人的引领下，掀开她的闺帷，得以进入她所缔造的王国一探究竟……

她果然没让我们失望，在她的深闺里，那些江边的山里人家，在她的庇护与润泽下过着怡然自得的生活。冬日，朗朗的晴空下，那碧悠悠的一条凝脂般的缎带柔柔地绕过这个山脚，拐过那个山坳；那浓绿盈怀的大山于是俯下高大的身躯，投影于她开阔的怀抱；又犹如仙子下凡，不经意地挥舞一下水袖，天上的白云便又把她当了镜子，在她的波心里舞蹈，那碧悠悠忽而又变得蓝灿灿了；于是，日光也来凑起了热闹，它是最精美的舞美设计师，它慷慨地施予它的热烈，它的光，它的影，大自然合力上演一出不需人类染指的胜景，而人，此时只不过是一名台下惊叹不已的看客罢了。

百地，南盘江边的一个小村庄，一个可以让时间停止下来的地方，村子里民风淳朴，家境亦颇为殷实，这里的人们每日生活在我所奢望的胜景里而不自知。他们每天一睁眼就能见到这汪碧汪汪的水，这般灿蓝蓝的天，晚上一闭眼，耳朵里便是南盘江轻柔的涛声，宛如在奏一支安魂曲……

"荡胸生层云"，面对宽阔博大的自然，人是可以忘怀很多不如意的，甚至也忘了自己，抑或自己也已幻化为虚无。尘世里的一切桎梏也松了绑，被尘世囚锢着的心灵也已恢复到了本真。它宁静得太不真实，抑或它又恍惚得犹如梦境，它似乎远离尘世之上，亦犹如陶渊明笔下的桃花源，可陶渊明那支生花妙笔又怎能敌得过她——这位自然王国的缔造者。这一切美轮美奂，如梦似幻的依然是她，南盘江，这条母亲河……

百乐——难解的乡愁，近在咫尺的背井离乡

现在百乐一切井然有序。

但它没有历史。载着百乐历史的原百乐静静地在南盘江母亲河的怀里安睡了，犹如离世的孩子重新回到最初的母体之中。

"这个百乐不是真的。"老支书说这话时，声音已哽咽，我们一行人在老支书这句话后寂然离席，各自散去。就像经历了重创之后的人，惊魂未定，一时之间还缓不过神来，获得的刹那平静之后，一旦缓过神来，那种硬生生的剥离，那份痛依然原封不动地在那……

百乐——难解的乡愁，近在咫尺的背井离乡。

百乐是南盘江这条母亲河众多孩子当中的一个，她缔造了它，而今，却又把它收回去了。

即使是凭吊罢，也还有着一份旧物，在村支书家门前摆着一块黑石，这是老百乐街道上的一块铺路石，长约六十公分，宽约三十公分，天然光滑齐整，黑黝黝的，坐上去顿感沁凉。我仅能从这块天然光滑、齐整黝黑的石块上去想象着老百乐的样子，抑或从黄爽的《百乐杂记》一文中，从他对逝去故土饱含深情的冷峻笔调中去想象及构筑老百乐的样子；从老村支书老泪纵横的喃喃醉语中；从老百乐群众怅然若失的眼神中，去追寻这份"此情可待成追忆，只是当时已惘然"的繁华昌盛的往昔……

现在百乐一切井然有序。它是南盘江这条母亲河的一个新生的婴儿。它依然倚靠在南盘江的北岸，它以一种新生的姿态，欣欣然的面目，与众多其他新的村庄一样，苍白殷实，别无二致。我谈不上对它有着怎样的兴致，它实在与众多其他的村庄没什么两样。

百乐人把身安在了现百乐村里，心与神却随了老百乐在现世的安稳里隐匿。或许，每个人的记忆里，都有这么一个村庄，但每个人终究一样，越来越回不去了。

其实，每个人心中皆有这样一个村庄……

无疑，百乐人是幸运的，他们世世代代坐拥着这条大江，然而，他们也是不幸的。我从不知一条江在一个人的生命旅程中占据着怎样的地位，然而在离开了百乐的人心中，它的涛声却一直响彻在耳际，一个充满快乐，有着诸多般野趣的童年际遇，多年以后，依然是一个成年人的心灵滋养，而这里每一个成年人的童年记忆里又岂能少得了她呢？这条母亲般的河。

乡愁是每一个人心灵的供养，枕江而眠的百乐人心里那条永远流淌的河流，那永远郁结于每一个百乐人心中的永恒乡愁，那只飞疲倦了的小鸟，如今沉睡于江底。那几代人梦境中，那承载着数代人悲欣交集的回忆的村庄，如今，在时间的轴上，满是天涯情味，越去越远越牵挂……

我来到这，如果眼前的一切一直是我梦中所想，心中所求，眼前的景致与我梦中所想，心中所求吻合得天衣无缝，或者说它其实一直就已存在了我心里，这份似曾相识，这份心中所愿，我把我的心留在了这里，留在了这碧波之上，今日，我可不可以说：

"以前，我来过这里。"

第二辑

世相·思悟

童年的界定

　　一日，与友人聊天，她生活正是悲苦之时，心境很是愁苦，聊着聊着，友人向我讲述了她生命中最感快乐的时候。"还是个七八岁的小女孩的时候，放学回家爬过一个长长的坡之后，眼前豁然开朗出现一片草地，远远看见三棵大树，外婆家就在那。那时最喜欢的就是撒开两腿向下冲，心里充满了难以言传的喜悦，那淡淡的雾气一丝丝飘过来，久不久地就有颗凝成露，滴在脸上凉丝丝的，空气里有着茅草的清香气息……我好想回到那个地方。"

　　我被她的描述感染了，也想起了自己生命中最感快乐的一天，当我看着我的小学毕业照时，画面上的那个小女孩高昂着头，脸上满是神往之色，看不到半点忧郁的影子。那一天我高兴得生了病，躺在床上听到母亲对邻人说："收到了县中的录取通知书，高兴得赶紧洗箱子，打湿了衣服生了病。"可我知道我这病是因为高兴而生的。从此再也没有那么一次高兴得生病了。那时，在乡下，离县城远，交通又不便，童稚的眼睛，对外面世界是满眼的新奇和向往，一个全新的世界就要在眼前展开……

　　后来，就很少有这样的心态了，快乐逐渐难寻，日子陷入了年复一年的庸常当中，童年变得格外遥远了，成为了记忆中的画片，直至我遇到了 Mr. Pauley。

　　Mr. Pauley 是我的外教，是美国语言学会派来的志愿者，是个虔诚的基督徒，是宾夕法尼亚州 Erie 大学的教授。Mr. Pauley 把童年界定到了六十六岁，六十六岁的他带着对中华文化的虔诚从大洋彼岸飞来，满腔热情地向我们传播他渊博深厚的专业文化和思想精髓，他打球、爬山、出节目，与我们设计课堂游戏，游遍了这个小城的每个角落。一次我们与他乘车，占了座让给他，他说："Lady first，我能行。"后来我们知道他不乐意我们把他当老人看。他游历了大半个世界，看他对所有事物兴致勃勃的样子，常让我们忘记了他的年龄。最让我惊奇的是我看到他拍了张照片，一片花丛，一只翻飞的蝴蝶正恋着一朵花，我问他："你喜欢蝴蝶？""我妻子喜欢。"一位把童心保存得如此完好的老人，在花丛中追逐着一只蝴蝶拍摄，只为他心爱的妻子喜欢。

　　我想他这一生必是也经历了大悲大痛的，沧桑坎坷不可谓没有，风霜刻在脸上，何以他心上竟见不着痕迹？

　　我们何不把童年界定到中年、老年，直至生命最后的一刻呢？所有过往的经验有如饱经风霜的秋红加上刷新后的童年心态，让我们更好地热爱这万物，心里充满期待，满怀着喜悦，迎接属于自己生命的每一个珍贵的日子。

　　那么，何不像 Mr. Pauley 一样，把我们的心态永远界定在童年？

笑对人生风雨

　　如果把奋斗的人生比作一棵硕果累累的树，上面结满了爱情、事业、如意、美满、快乐、幸福等果子，在我眼中，快乐一定是最亮、最红的那一枚，如果上帝不让我太贪心，只许我摘一枚，我就只摘快乐那一枚。

　　严寒过后的午后，温温的阳光煦暖地洒着，雪后初晴，心情亦明媚如这阳光，心里的快乐亦如雪后的春天萌生的草籽，吱吱地直向上冒。这样的情境竟让我舍不得拿半秒钟去想那些烦心事，我想我生命的每一秒如不用于快乐，那简直就是一种浪费。

　　我手里拿着那枚快乐果，一路走来，笑语盈盈；风含笑，水含情，我胸腔里跳动的是一颗快乐的心。四时之风光，周围之景观与人情都被我染上了快乐的色彩。佛说，外界是内在的反映。你快乐，世界便也快乐。

　　快乐的外在表现是笑，内心的快乐通过笑传向外界时，它能催开别人心底的快乐之花，打开别人心中快乐的阀门。人生哪，最是那快乐最重要。快乐亦是如此简单，不需要任何条件，随时随地俯首可拾，它完全由你的内心掌控，快乐的阀门就在你心中，为什么不打开它？

　　人生乱七八糟的事情尤其多，理不清、剪不断，身与心在这尘世间奔忙，万般愁苦涌上心头，真能把人愁死的。人生已是一出悲剧，用不着整天绷着一张苦瓜脸，双眉紧锁，心门紧闭才算深沉。真正的强者就是那只压在床底下垫着床脚鼓着气瞪着眼而不死仍能哈哈大笑的癞蛤蟆，真正的强者一定是快乐的。

人生需要"寻欢作乐"。为什么要寻欢？是因为愁呗；为什么要作乐？是因为苦呗。本就已愁苦的人生，如没有快乐作为调料，我们又如何咽下这盘残羹冷炙，饮尽这杯人生苦酒？"寻欢作乐"，不是醉生梦死，纸醉金迷；不是欢场中空虚的放纵。它的本义是开启自己的内心去寻找快乐，更强调一种苦中作乐的精神。它是一颗历经磨难的心灵的悟道，更是一种经历了人生"七苦"的透彻。正是经历了如此多的磨难才体会到，能穿越苦难的唯有快乐，快乐地行到终点，回首才对得起自己无比珍贵而独特的生命，才不愧滚滚红尘走一遭，我愿我的墓志铭上刻着这样一句：这一生，她一直在笑。

"智者乐水，仁者乐山，乐者乐乐。"快乐是长久地发自内心的一种愉悦感，整个人处于一种良好的状态中，享受着生命固有的美好，内心深处是一片晴朗的天，驱散现实中的阴霾。"平常心态，感恩惜缘"，这是一位朋友的座右铭，心怀感激，以一种平和愉悦的心态看待事物。无关的风与月，每一次蓬勃的日出，每一次壮美的日落都能成为一个快乐者快乐的元素，一颗快乐的心把周围的一切染成了快乐的色彩，我们无法控制生命的苦痛，但我们能选择笑对它。

我已到了而立之年，余生也已不多了，不比十几、二十几岁时，有大把青春可以挥霍，可以不懂事，可以痛哭，可以哀伤，可以由着性子在哀伤里沉沦；可以在一连串打击和挫折中消沉，一蹶不起。只是现在我再也没有宝贵的时间和生命消耗在这些负性情绪中，我短暂的生命已赔不起，今生用完无法再待来生。尽管我无法躲避这一串串人生必经的苦难；生命一路走来，总有不少阴霾的日子；但我的心却可以用快乐挽留住那煦暖的午后初晴的阳光，天边那抹艳丽的晚霞。如果在快乐的进取中，我还能获得些成就，这一生，我就已对得起也无愧于自己这独一无二的生命了。

病也能快乐，痛也能快乐，苦也能快乐，愁也能快乐，难也能快乐。因为在快乐者心中，无常有时会打盹，意外也会困，甚至无底深渊下尚有出路；除了快乐，我真的不知用什么去与这些病、痛、苦、愁、难抗争；有了快乐，我的意志会更坚强，生命力会更旺盛，对生活也更热爱。快乐是汩汩不息的源头，抚慰并滋润着这多难的人生。

欢快地笑对人生风雨，不是愚者痴呆般地傻乐；而是历经了风浪苦雨的智者对人生所选择的一种态度，面对苦忧参半的人生，他用快乐作为生命亮丽的底色，去烘托人生灰暗的基调，铸就内心的一片辉煌。

诗意地生活

在一次航行中，遇到了大风暴，船上的人乱成了一团，唯有一老太太镇定自若，仿佛什么事也没发生，后有人问她，何以她一点也不惊慌，她这样答："如果船遇难了，可以与天国的大女儿重逢，船没事，可以与小女儿团圆，因此，什么样的结局都是可以接受的。"

老太太过的是一种诗意的生活，我想在她平时的生活当中，她一定也这样，也许生活的真谛正隐于此。

还有一位老太太，中华人民共和国成立以前曾是大户人家的千金，所过的生活是上流社会生活，但时局转变之后，却落到了最穷困的境地，可她仍保持着她原有的诗意般的生活，她的诗意隐藏在她的骨子底里，不是一种表象，她可以在困苦当中，梳着整洁的发髻，在疲惫的劳作之后，喝碗淡淡的下午茶，可以用原本细嫩的手，缝制漂亮的衣服，去地里锄草。在这之前，她从来没有想过有一天她会做这些事，且做得如此之好。经历了这一些，老太太身体一直很强健。所有这一切缘于她深深知晓了诗意地生活的真谛。

人这一生，三贫三富不得到老，谁也说不准哪天会处于何种处境哪种境地，有时这些境地是我们所无法更改的，我们所能更改的也唯有我们的心态。

诗意地生活，只需有一颗平和宽容之心，凡事无论是何种结局，皆能安然接受，接纳种种不可逆的结局，以诗意的心态看待万物，并非不可以，也并非做不到；并非生活改变了你，而是你的心态改变了生活。

凡事都有两面，当我们处于最糟糕的状态当中时，也请转换一下我们惯常的思维，像那位诗意的老太太一样，总能看到不利的局面当中可能出现的最好的状况，这并非不可能，当我们以一种诗意来看待最糟糕的状况时，会发现比我们往常所想的那样要好得多。

凤 凰 蕨 墩

　　那棵凤凰蕨从我二〇〇三年搬进新居之后一直没有动静，它原先的五张叶子已渐渐枯黄，不复成为风景了。我成天在等着它的新叶萌发出来，姐说它一发就发五匹叶子，扇形一样对称散开，煞是好看。可是我等了五年，一点动静也没有。原先的五张叶子也黄了枯了，我只好把它砍了，在这期间，它曾经竖起一串花苞，然后就枯了。

　　后来，它就像一桩枯死的树墩一样了，我嫌挖它出来费事，于是留它在那。同时又在那盆里种了三株葡萄，葡萄倒没让我久等，正是春季，不几日，葡萄就热热闹闹起来，干枯的葡萄树干噌噌地冒了几丁葡萄芽，葡萄芽日赛一日地疯长，每日里看着它的新芽，长成新叶，过不久要考虑给它搭架了。

　　可昨日，不经意间，那棵凤凰蕨似乎不甘示弱地冒出了一丛新芽，在我苦等了它五年，要完全放弃它，对它绝望的时候，它冒出了我盼望已久的新芽来了。

　　看着它的新芽，我醒悟到生命中有的东西必须得经过漫长的等待，等待是一个必需的过程。就像这株凤凰蕨，要经过五年的吸收、累积，才能拼出这一丛新芽，那么，在这累积的过程中，哪怕是一点点失望或气馁都可能导致它的夭折。

41

　　这黑不溜秋的蕨墩原来一直在默默地积累着养分、阳光，不管不顾地蓄足了精气之后才蓄势而发，铆足了劲儿坚持着，它不理会我的忽视、冷落，不悲观、不自弃，一副坚持到底的韧劲，完成了它的累积，拼出了它生命中新的一叶。它累积了足够的养分，一路疯长，不几日，叶子竟窜得比人还高了，叶子绿得油亮亮地，精气十足，它绿得从容笃定，它这一绿就是好几年呢。

　　由此我想到，当我在挫折和失望中，就要丧失前行的勇气时，我何尝不也是处于凤凰蕨默默累积的过程呢？只有像它那样吸收了足够的养分，阳光，像它那样坚持下去，定能迎来生命中新的一页的。

　　自然历来都是人类最好的老师，这不起眼的蕨墩竟给了我如此深的启示。

蟹爪兰的春天

　　鬓边已染白霜的谢老师扶了扶老花镜框，用手抚摸着相框里的两张相片，端详着相片中她的学生们，满脸欣慰之色："我的花儿全开了。"两张相片中一张是风华正茂的她与当年159班全班四十八位同学的合影，同学们也正少年；另一张是几天前与他们毕业二十年后的合影，恍惚二十年间，沉甸甸地就有了岁月的凝重与历练。

　　几天前，酷热中的校园里高考后的硝烟仍未散尽，悄悄走进那幢高三楼，高三的气息仍在楼里行间弥漫："离高考还有一天"；"东风吹，战鼓擂，做好准备谁怕谁。""喧哗者莫入，消沉者免进，惜时者欢迎"；"守清苦，比辛苦，甘劳苦，吃大苦，苦尽甘来；花真功，出狠功，练苦功，拼恒功，功成名就。"

　　仍是高三楼二楼中间的那个教室，当年高159班四十八位同学全到齐了，静候他们的老班谢老师，窗台当年那个位置仍放了一盆青绿的蟹爪兰。多年来，蟹爪兰已成为鼓舞着159班同学的一种信念。

　　二十年前，也是这般场景：作为高三学子的他们，面色凝重，既没有高一新生的羞涩与新鲜，也没有高二老生半分老练、半分闲适的气度；高三的师与生都绷紧了弦，上满了发条，一方

43

面在有着精妙含义的英文词语中"吭哧吭哧"地纠缠不清；同时又在说一不二的定理公式面前犯晕，人人扛着一个未知的前途在打拼着；迎接着那千军万马过独木桥的高考的检验……

作为老班的她为了缓和一下高三的紧张局势，搬了盆蟹爪兰放在窗台上，课余守候这盆花开，成了全班同学放松自己的一个乐趣。转眼到了来年的开春，蟹爪兰扁扁的叶片上长出了一个个小丁丁，那些花儿朵朵皆成蓄发之势，有的大，有的小；有的已很饱满得要开了，有的则刚开始含苞，就一个小小骨朵儿，整株蟹爪兰洋溢着一派郁郁葱葱的生机。

"同学们，大家说这些花儿是否全都会开呢？""当然会。"48个声音齐刷刷地回答。"是的，你们就像这些花儿一样，你们当中的绝大多数同学可能会考不上大学，但是只要你们像这些花儿一样，在人生的每一个路口上脚踏实地吸取着生命的营养，坚持下去，就像这每一个花骨朵一样，你们最终都会开花，开出属于你们的鲜艳，明丽。"

"那不是铃儿吗？当年最漂亮清纯的女孩儿，最喜欢花儿，每天都要数一遍蟹爪兰有几朵，她说共有一百五十多朵，每人可拥有三朵花儿。如今的她已是全市最大的鲜花基地的花王了。""那不是跳跳吗？当年一门心思只想当作家，其他科全都不想学了，呵，坚持到如今，还真算圆了他的梦，写出了很多有影响力的作品。""哦，这是我当年最疼爱的菊儿，英语倍儿棒，其他科却怎么学怎么吃力，虽考不上大学却一直坚持着自学英语，不错，竟成了名翻译了，了不起啊。"

谢老师一朵一朵地数着她的花儿……

是啊，只要拼尽全力，开出属于自己的灿烂，哪怕是最后一朵开，又有什么关系呢？

不 敢 幸 福

在人生老病死的永恒命理前，幸福成为了一种奢侈。

天妒红颜，天更妒幸福。看印度电视剧《四女奇缘》中大女儿穆斯卡从小一腿残疾，由于这份残疾而从小自卑，长大成人之后，也是由于这残疾，爱情方面也颇受周折，后终遇上能真正欣赏并懂得她、爱她的阿沙德，可是就在他们要结婚的时候，阿沙德却被查出患了不治之症，生命随时都会离去。深爱着阿沙德的穆斯卡觉得哪怕是与阿沙德只能共同生活一天也是幸福的，她果敢地选择了与阿沙德结婚。在阿沙德不知情的情况下婚礼如穆斯卡所愿举行了，他们婚后度过了一段连上帝也会嫉妒的幸福日子，很快上帝就召回了他的臣民阿沙德，留下无尽伤痛的穆斯卡。

看着穆斯卡的痛苦，一洒同情泪的同时，心底却是暗暗地庆幸：我虽不曾得到她那样极致的幸福，可至少我也不必承受失去这样极致幸福的悲痛。自从经历了双亲生命的离世之后，我明白了凡间一切的幸福皆如泡影，转瞬即逝，幸福背后隐藏的那个巨大的悲痛在人们兴高采烈的时候往往被忽略了，于是我时时关注着幸福背后的那个巨大的伤痛而失去了对当前幸福的感知，不敢幸福，恐遭天妒。

出于对幸福的恐惧，除了亲人之外，我刻意地不再让谁成为我割舍不下的牵挂，也不想再多担一份失去。我把悲痛视为了常态，把不幸视为了理所当然，却唯独认为幸福永远都是遥不可及的。我在一次次希冀落空之后反而不抱任何希望了。我习惯了孤独，习惯了不依靠，也习惯了失去与得不到。我以为这才是生命的常态，因而孤独与寂寞成了一种莫大的享受。

我把对幸福的索求降到了最低，心静如止水；历经了许多世事之后，不再有十八岁少女时五光十色的憧憬；遭遇了很多的坎坷，发现自己已能很冷峻地直面悲惨的现实。心有了一层坚硬外壳的庇护，灵魂更深处的触角却变得更为灵敏，这样的灵敏让我发现生活中处处有惊喜，幸福的感觉常常盈满于怀。于平凡的生活中一点一点地感知生活的真谛；当我以一无所有的心态来看待周遭的事物，我反而没有患得患失的感觉了，并且发现幸福不再披着华丽的外衣，幸福比比皆是，俯首可拾。

就在这一转身间，我反而处处看到了幸福的身影：月凉如水，心平如镜，月夜在我眼中是静美而不再是凄凉；夕阳既好何须惆怅近黄昏，明日朝阳依旧灿烂；春花璀璨而不再易逝；秋天黄叶飘落不再是生命的悲壮而是凝重；冬虽冷清却不至于肃杀……

当我们把人的生老病死当成一件再正常不过的事时，幸福反而会给我们带来巨大的惊喜，幸福就这样在不经意的转身处不期而至……

烟 花 之 悟

虽然转瞬即逝，

烟花依然灿烂。

往年我关注的是它的易逝，可现在我更关注的是它瞬间的灿烂，很美。我记取了它转瞬而逝的美，记取了它刹那的芳华。这瞬间而逝的美依然有着很强的冲击力，如人短暂的一生，总有烟花灿烂的瞬间长存在心间，长久地照亮着平常的日子。

年依然过得落寞，这落寞是我熟悉的，也是我喜欢的，年的热闹多年前就已无法感知了，只觉得在漫天的璀璨过后依然是长长的落寞，一个人静静地独自站在餐厅的窗前，看河的两岸燃起的无数的烟花，在黑黑的夜色中瞬间而起的无比的璀璨，灿得惊人，就像我五光十色的梦想一样，那些梦真的好美，尽管到头来还是一地的烟灰，可是比起从来没有灿烂过，一地的灰依然是值得的。

往年这个时候，是我很害怕的时刻。我害怕一个人这样待着，我知道每一朵烟花升腾起的地方，一定有一个幸福美满的家，日子虽过得吵吵闹闹的，可是在这年三十全民欢腾的时刻，每一朵烟花下，一定有个怀揣着美好与梦想的孩子在尽情地赏玩着他的烟花。梦想依然是要的，就如人们依然会欢喜着烟花的璀璨，哪怕只是一瞬间。

　　只是今年，独自静静地把味着漫天烟花的璀璨真成了享受，是我悟了道呢，还是不再易感了？为什么我竟不再有往年的伤感与害怕了呢？我的生活状况并没有改变，心态何以大相径庭，相去甚远呢？否极泰来，我何以能如此安之若素？是年月赋予我的这种镇定呢，还是我已冷漠？

　　我想这一切该是岁月赋予我的，岁月终于将我锤炼成型了，把一个慌里慌张、东张西望的野丫头变成了一个镇定自如的女子，一个不依靠不慌张，内心笃定的女子，一个把心放在自己的胸腔内平静地随着它的跳动而静享生命美好的女子，这样的女子，既能欣赏烟花极致的璀璨，亦能承受得起它满地的落灰；璀璨与落灰之间，悠悠岁月已过小半，浮生若梦，唯有加倍珍惜当下。

做你自己最美

斑马在运动会上获得了金牌，动物界中刮起了一阵斑马纹风潮，所有动物一窝蜂地全都去文了身，于是乎梅花鹿可爱的小斑点不见了，骆驼纯朴的与沙漠相辉映的棕色衣服换成了花哨的斑马纹，雨林里大象墨绿色的外套也消失了。斑马身上流畅的黑白条纹到了别的动物身上却怎么看怎么别扭，怎么看也不像那么回事。

林中夜莺欢快吟唱，纺织娘也毫不示弱地扯着嗓子与之媲美，蛐蛐也在叽叽，蛙儿在呱呱，这多动听的大自然乐章呀！试想想，如果也来这样一阵潮，所有的生物都学夜莺叫，当我们耳中只有夜莺的吟唱时，我只觉得可怕，所有的一切都成了克隆。

人也在闹同样的笑话，金发碧眼的老外的那一头金发，顶在了黄皮肤、黑眼睛的中国人头上怎么看怎么像一蓬干枯的稻草，中国人原有的一头黑瀑却是无比流畅地美。扁平柔和的东方人脸型非得垫上个西洋人的高鼻。很奇怪梅花鹿何以舍弃自己可爱美丽的小斑点而去求那一身在它身上并不流畅的黑白条纹？

美与丑原本没有一定的概念和标准。东施效颦的笑话告诉了我们，别人的美未必就是你的美，你的丑未必就是真的丑。丑未必是表现在外表上，它更多地表现在一个人对自我是否认同上。

　　就像我们见不到一棵自认为丑的小草，一朵自认为丑的小花，一只自认为丑的鸟儿，甚至毛毛虫吧，它也绝不会觉得自己丑……

　　林中夜莺可以百转千回地吟唱，田里青蛙也可以放声地呱呱叫呀，这世界原本就是这样多彩，这样多姿的。大自然呈现的是和谐的千姿百态，它没有美、丑的标准，所谓美、丑也只不过是我们人类的感官感觉。

　　如果我们一味地去迎合别人的眼光，那么，小草会觉得花儿要比自己漂亮；花儿会羡慕鸟儿的翅膀；鸟儿也许想做水里的鱼……

　　花儿有芬芳，小草有浓绿，鸟儿会飞，鱼儿会游……每个物种各呈其态，各显其能。一切在于你的态度，我们所缺乏的正是对自我的认同，何不愉快地接受自己，做着自己？

　　婴儿是最忠实于自己的，它完完全全地做着自己，在他的最初里，没有别人的任何模子，他做着最纯粹的自己。所以我们喜欢看婴儿的脸，婴儿的笑，最纯真的表情，最真正的快乐。每一个婴儿的笑都是一朵朵迥异的花。

　　坚守自己，守住自己独一无二的东西，也不是件容易的事。我们如此容易受到外界的干扰，如此容易迷失了自己，我们会经常这样地问自己："我这么做，别人会不会喜欢，别人会不会说我什么？"我们从外表到内心都在寻求着外界的某种认同，却唯独少了自己对自己的认同，这样做符合我的心吗？外界的标准如此之多，我们又要以哪一个标准为准？无论你如何做，你都难以达到所有人的标准，所以我们会喊累，迷失于外界之后，我们会无所适从，唯有回归到自己的内心来，与最亲近的人——自己相处。这时候我们才是最自在的。

　　在现实生活中，我们在各种必要的场合里戴着各种必要的面具，但在自己的心灵小屋里，可以完完全全做着自己。做自己，心灵才是澄澈的，灵魂才可以妥帖安放；做自己，也是灵魂最为清醒的时刻，这有点像自恋，与真实的自己朝夕相处，卸下所有的伪装，放松、自由、思考，做一切自己真正想做的事情，拥有完完全全的自己，真是可以富可敌国的。

　　愉快地接受自己，做着自己。人一旦认同了自我，心灵就舒展了。在这种自我认定里，人就有了自信，也就找到了自己存在的位置，内心就笃定了，不再慌张，从而获得一份从内心里散发出来的从容，做这样的自己是最美的。

窗前，有鸟儿飞过

在繁杂的俗事当中，见到麻雀时，我能腾出心情来与它们静静相对了。

我的心情总被诸多事情牵扯着，有时是个人情感的得失，有时是工作上的事，其中最令我惴惴不安的是与别人相处当中，不经意被人所伤，或有时无意得罪了别人，而自己偏偏不爱解释，也无意于报复些什么，吃了亏总会转念一想，他得这点便宜也没多大意义，他总不能得了这点便宜便能做神仙去，终免不了一样得在尘世上煎熬几十年。

虽不曾计较些什么，但终归还是不能完全放下，故心情屡屡很糟，总免不了想些自己曾经历的悲苦之事。每每这时，也总想找个地儿什么的，让自己心旷神怡，物我两忘，也可以说是种逃离吧。逃离到一个什么也不计较的境界，但也不能绝对的空无，需得有些让人感到像孩儿般喜悦的东西。我不知经历了这么多之后，能否再度回到孩儿纯真的境地，心境污染了，势利了，浊了，也有如污迹，怎样也去不掉的。

于是，愈来愈少有这样的时刻，心境是一片旷宇，澄明，清朗。麻雀轻巧的细步，跳跃出的轻快，灵巧，在观者心上泛起一阵久违的轻柔和明媚，鸟儿"扑啦啦"飞去的自由，一颗被俗世禁锢久了的心也想能这么飞着……窗前，有鸟儿飞过，我们需要放下些事来，对比心灵的自由来说，那些生计大事比不得心灵的自由重要，一个心灵自由的乞丐与一个陷在钱眼里终日在商海里担惊受怕的富翁比，怕是后者的负荷会更重些吧。

与鸟儿默默相对，喜之于它的轻灵与自由，看它的小小脚轻轻地触在地上，那种奇妙的感觉，很美。人能远观万物，近察细微，同时却也比万物多了份人为的烦恼。观麻雀细细地跳，这样美妙的心态时时能存留着。与学生在一块，他们那样美妙的心情似乎天然就有，一支用完的圆珠笔芯，一颗钉书钉，一小片粉红的厚纸片，一小块旧橡皮擦，他做出了一个可与荷兰风车相媲美的小小风车，放在他的桌上候着风儿来。我喜欢他做风车时的心境，风车转了，想必他的心情也悄悄地快乐起来。在水池边见一女孩儿，拿着个透明的玻璃瓶，装了水，底部铺着细沙，两只泥鳅在水里游着。插了几根青绿的细草，她再在水池边扯了把小小青苔丢了进去，我一眼看过去，竟也喜欢上了这小小的瓶子了。

孩子们常常给我这样的启示，尽管我们无奈地把高考的重压压在他们肩上，他们也能在缝隙中悄悄透口气，从重重的作业堆里抬起眼来瞅瞅这养眼赏心的宝贝。生活中也随处可见这样的人，原本我们活着只为这些而来的。所不幸的是所伴随的有许多事是我们所不愿的，这些所不愿的大多时候让我们偏离了活着的本义。愁苦也好，轻快也罢，我们活的不就是一种心境吗？

愿我们也能像麻雀一样，跳着轻快的脚步，在黎明的微光中从窗前飞过，撩动着心里那早已久违了的美妙情愫……

岁月了无痕

　　我终于知道岁月馈赠给我的是什么了，那是一颗处之泰然的心，是波澜不惊的从容与平和，岁月了无痕，往事已是轻烟。站在人生现在这个点上，悠忽半生已过。

　　人至中年所获得的这份对生活的平静及从容，也许是岁月最好的馈赠了吧。如同自然界中的深秋，满目的寂然当中，却有着沉重而凝练的收获，经霜的红叶，或沧桑或斑驳，却如同一种无声的讲述，"历尽劫难兄弟在，相逢一笑泯恩仇。"人生的过往无不是一场又一场的波澜壮阔，然而回首时却仿佛已是他人的故事；过往与如今却似早就了无瓜葛没了纠缠，人也与自己的过往达成了和解。

　　然而还是会一而再、再而三地回首，只不过再回首时再没了当年的感同身受。痛彻心扉，才知今日之从容是往昔的伤痛所累积沉淀，能不能一开始就拿了今日这颗心去应对，不再想看到当年自己如此受伤的模样：心的磨砺亦如蚌中那粒沙，柔嫩的心包裹着那粒沙，岁月在碾磨，在痛楚里，把痛苦打磨直至它变成一粒亮眼的珍珠。也许人至中年收获的该是这颗心的珍珠吧。如今与过往相逢一笑，过往早就少了那份声色俱厉，变得那么朦胧，那么苍白无力。生活这颗粗沙，被这颗心包围着，其实生活的粗糙从来就没变过……

　　生命中的第一次恐惧：大概是在十岁那年，我正在蹲茅坑，不知哪个调皮鬼砸了颗大石头到粪坑里溅了我一身的粪水。我气冲冲打开门，正瞧见邻居家小儿子在探头探脑。一怒之下，冲到他家厨房把他家的盆盆碗碗砸了个稀巴烂，方解了这口恶气。但随之而来的却是一阵阵恐惧，老爸知道是我干的这件事非剥了我的皮不可。我躲在床上蒙着被子装病，一直在瑟瑟发抖。这时，我似乎见到一位衣着得体，从容不迫的中年女士对我说："孩子别怕，你天性中有一股子桀骜不驯之气，爸爸只是想收敛一下你的野性，断不会把你怎么样的。他会骂你甚至会狠狠地打你一顿，但那都是出于爱。他怕不管教你的话，你会像脱了缰的野马驹，不往正道上走。"后来爸拉着我去赔礼道歉并赔偿了所有损失，并让我跪了一下午，事情平息了。但是我却牢牢记住了自己当时的恐惧。

　　第一份工作是卖酱油，那时还有供销社，卖酱油是用油勺子来论斤两，一大勺是一斤，中勺是半斤，小勺是二两，更小些的勺是一两。那时感觉生活也变成了这黑乎乎的酱油色，看不到一丝希望。"孩子，你多学些东西吧，将来会用得着的。"依然是那位得体的中年女士的话语，我记在了心上，每日捧着英语书来读。

　　再后来遇到了恋爱："孩子，离开他吧，他会在四年后离开你，因为他爱上的是你优越的条件，而不是你本身。""我不信，他现在对我这么好，四年后他怎么会离开我呢?"

　　"孩子，不要紧，他只是你生命中的一段旅程而已，事实证明，他并非那位能与你相伴相守一生的人，爱不是甜言蜜语，也不是百依百顺，爱是生命中的坚守。大风大浪的时候，他既不能坚守在你的身边，失去他有什么好难过的。""可我就是难过呀，四年的情感一下子就没了，何况我现在又生着病。"

"你们虽心意相投，惺惺相惜，但你们的相遇却是你们各自生命里的滋养，你们虽不能相守一生，却能永久地活在彼此的怀念里。"

"你是谁？为什么要告诉我这些？""孩子，你别问，到时候你自然就会全明白的。"

"难道你是我的占卜师吗？为什么每次命运的变故都被你说准了？""那你为什么还不相信我？不相信我是为你好呢？""不，我只相信直觉，相信我眼前所见到的。""你的眼睛穿越不了时间之雾，无法看到以后，我走过了你将要走的路，回过头来规劝你，避开那些沼泽和伤痕，你为何总要一意孤行呢？""可那哪是沼泽？分明就是片鲜花之野。""那是鲜花没错，可你一旦踏上，鲜花脚下就是淤泥呀。那些幻象背后是一场空。"

"我告诉了你这么多，可是你也别害怕，最终你都有能力独自去勇敢面对，并能最终成就你自己，孩子，相信自己。"

那位衣着得体，从容不迫的中年女士分别是三十年后、二十年后、十年后的自己。她穿越时空，满心爱怜地看着十年前、二十年前、三十年前的自己，穿过重重的雾障，来给自己的过往指点着迷津，甚至想匀出一份岁月磨砺出的坚强来抚慰这多年前的自己，然而有些醒悟却非得光阴所赐，磨砺所予，成长一定得伴着累累伤，阵阵痛，无法规避。生活这粒粗沙，有着异常锋利的棱角，柔嫩的心经过它的切割蹂躏之后，才能生出重重老茧，才能躲在光阴的影子里不为所动；才能冷眼旁观，处变不惊，从容应对。

生活这粒粗沙，只有在岁月的磨砺下，在一颗坚强多茧的心里才能被打磨成一颗亮眼的珍珠；也许人生最终的收获就是这颗亮眼的珍珠……

女人原来可以不漂亮

　　写这篇文章缘于一个学生给我的启示，这个学生有个很美的名字——"燕妮"。未见她之前，早已听过她的名字。她是全校学生标兵中的第一名。也从其他老师口中知道了关于她的许多事，总之是个品学兼优的好学生。在改过她的英语作文之后，尤为赞叹，她的作文几乎无懈可击。

　　后来，我上高三的口语训练班，培训学生参加口语复试，当我念到她的名字时，一个放在人堆里你怎么也不会注意的女生站了起来，我看了看她，由于家境贫寒，她的衣着在学生当中是最土的，发型也剪成了最利于梳洗的样子，衣着极为干净，言语不多，初看见她的样子，我为她感到遗憾……

　　接下来训练开始了，我让学生三人一组配合练口语，然后进行相关的测试，她所在的那一组她自然而然地成了领头者，灵活机变，落落大方，口语流利，把该表达的表达得很好，我在旁边看着她，慢慢地觉得自己对她的看法悄悄改变了，她全然没有意识到自己的相貌，她很快乐地把所做的每一件事做到最好，而且整个过程中她的态度谦逊有礼，不骄不躁，她们那一组是最好的。看着她，我觉得她已无须漂亮了。

　　也许老师看学生是不看漂亮与否的，这样的学生在我眼中是美的，尽管她并不漂亮，但对这样的学生我是喜爱有加的。看着她，我突然觉得女人原来可以不漂亮，也可以这样的美，正如燕妮。

一直以来，漂亮都是女人孜孜以求的东西，许多不拥有漂亮外形的女人因此而自惭形秽。

也许长相平凡的女人在恋爱中、工作中曾因长相而受挫，一次次这样的体验会让你觉得漂亮对于女人来说是最最重要的，你总在为这辈子你都不可能拥有的东西而懊恼。与其这样想，倒不如反过来想想，这样的受挫其实是好事，你的长相已替你为真爱把了第一道关，爱上你的男子必不是爱上你的美貌，是真的爱上你的人，而离开你的男人呢，他的离去实在也是一件好事。

所谓的"丑"，是自己给自己的。当别人的观点强加在你头上，你如接受它，那它对你的影响是巨大的，你一旦接受了它，你就会真的很丑；但如果你不接受它，它是伤害不了你的。说到底是我们自己觉得自己"丑"，这是一种自我的迷失，说到底是迷失于外界的一种表示，以外界来评价自身时，是盲从的，找不到方向的。

女人无须漂亮，也可以很美，不是吗？

"喜 丧"

风烛残年时，你还会是谁的宝？

——题记

人在幼年时，会是父母心头的宝；在花好月圆时，是恋人眼中的宝；那么到了风烛残年时，又会是谁的宝呢？

苏一副教授这几天为职称的事正忙得焦头烂额，学院里很多竞争对手都在盯着教授职称这块肥肉。名额只有几个，排队的人却一长串。连日来，整理材料，递送材料，评审，只差与最后的定夺者拉拉关系，讲讲交情，在这关键时刻可千万别出什么娄子。已是午夜两点了，苏副教授迷迷糊糊中听到手机铃刺耳地响了起来。"大儿，你快点回来，你母亲去了。"

下午两点，苏二正在实验室里忙碌着，实验进行到了攻坚阶段，孙子还差几日也要来到这人世了，作为爷爷，也想送给这未来的孙子一份大礼。他在实验室的时候是不允许任何人打扰的。但这时手机突然响起，一看是家里的电话，国内这时正是夜里两点，出什么事了？"二子啊，你快点回来，你母亲去了。"

苏三是一位正当红的流行歌手，团里也内定她为这次去欧洲巡演的主唱歌手了。作为人近中年的她，格外珍惜这次难得的机会，这几日，正没日没夜地排练着。突然家里的电话一响："幺妹，你快点回来，你母亲去了。"

这是广西山区一个很普通的村子，桃金娘屯，因村子四周长满了野生的桃金娘而得名，吃了桃金娘的果实嘴唇会发紫。整个村子只有一条主街道。村民比邻而建屋更多地是经济考虑的缘故。主街道还是鹅卵石铺就的老街，苏家的老太从年轻时起就来到这，住在苏家的老屋里，苏家不是大家族，也是从外地迁来的。丈夫死得早，因而苏老太孤儿寡母地拉扯着孩子，很不容易。好在，苏老太的三个孩子也都给她争气。

灵台设在堂屋正中央，棺材前悬着一块白麻布，摆着一张供桌，供桌两边点着长明烛，中间供着香灰台，香烟缭绕，正播着寺庙里的经乐。

"娘啊，我们来迟了，连你最后一面也没见着。我们悔啊，我们早该来看你的，却总是没来。"风尘仆仆的苏一、苏二、苏三一到家门口，就丢下行李，哭倒在母亲的灵前。

"娘多数时候嘴唇都呈乌紫色，那是因为娘总是把米饭留给我们吃，自己吃桃金娘充饥的缘故啊。娘，你的身体就是在那时落下的病根啊。"

"娘，以前在生产队时，你为了喂饱我们仨，生产队不让带粮食回家，你就多吃生黄豆，回到家再吐出来，把黄豆洗洗再煮给我们吃。"

"娘，我知道你供我们读书是多么不容易，可是你还是咬着牙坚持着供我们仨念完了书。我们才有今天的生活呀。"

"娘，都是我们害了你，拖累了你，我们还来不及报答你的恩情，你怎么就走了啊！"

然而，无论孩子们如何撕心裂肺地哭喊，棺材里的苏老太动也不动了，老太太的遗容安宁中仍掩饰不住一抹愁苦，像是一桩枯树皮，更像是一本厚厚的无言书。只是，这本书一直没有人来翻阅，如今，老人带着她厚厚的一世纪的故事走了，永远不再给人阅读她的机会了……

夜已深，哭灵的人也都乏了，只见陈嫂手里端了一碗饭菜来到了棺材前，敲了敲，打开棺盖，把饭递了进去，原来苏老太并没死。

几日前，"可不就是嘛，离我百岁寿辰也就十天工夫，等孩子们陆陆续续赶到，估计也到我百岁寿辰了，正好一起添喜，也好热闹热闹。我想孩子们怕是想疯了。要是能在我百岁寿辰上见到我所有的孩子，那么我死也瞑目了。"

"你说孩子们会不会回来呢?"

"难哪，孩子们在外混也都不容易啊，哪能说回就回呢。"苏老太叹道。

"我倒是有个主意，可以叫孩子们全都回来。"陈嫂带点神秘的口气说道。

"你要是有法子叫孩子们都回来，你说什么我都依你。"陈嫂附在苏老太耳边耳语了一阵子，苏老太听得直点头。

她依了陈嫂的妙计假死，把孩子们全都骗了回来，现在骑虎难下了，不知如何圆场。且她在棺材里听着哭灵的孩子们的肺腑之言，觉得这大半辈子的辛劳全值了，原本以为"崽想娘，扁担长；娘想崽，长江水。"也许苏老太多少有些后悔吧，后悔拼了命地把孩子们培养得太有出息了，以至到了风烛残年时却要数十年如一日地望眼欲穿、魂牵梦萦地盼着孩子们归来。常人们拥有的儿孙绕膝的天伦之乐于苏老太而言却成了奢侈；春节的大团圆是苏老太一年里最盼望的日子，但聚了却总还要散。这样数十年如一日的思念对一个已是风烛残年的老人来说，无疑是残忍的；渐渐地，儿子们变成了那根电话线，尤其是老二，苏老太都不知他现在的模样了，连声音都变得陌生了。神志已有些不清的苏老太只要电话一响，就会乐呵呵地颠着小脚去接："娘想你们，记得回来看娘。"而这样数十年如一日的盼归，这样的孤寂，这样如滔滔长江水般的念想就是老人晚年生活的主色调。要知道孩子们会这么难过，她就不骗他们了。只是自己太想他们了，一年也见不着他们一回，况且自己这身子骨，还能撑多久呢？不得已才想出了这么一个招，她只求孩子们能原谅她老糊涂了，也希望孩子们能体谅她的思儿之情，也好让她死得安心，安心地去见老头，也好向老头汇报孩子们的情况。

第二日，桃金娘村出了件本世纪最离奇的事情，死了多日的苏老太借尸还魂了，活过来了。村民们说得一惊一乍的，一传十，十传百，不几日，便传成了苏老太诈尸，是来阳间寻替死鬼的。

得知真相后的苏副教授第一反应就是当即买了回程的机票，回到了学院，新晋升的教授名单已公布，苏副教授还是没能把教授前面的副字去掉，这一切全是他那近百岁的糊涂娘在最关键时刻捅的娄子。苏二也以最快的速度赶回到了加州的家里，抱着刚出生几天的孙子亲个不停。至于苏三呢，回到团里后，别人已代替她到欧洲巡演了，她唯有顿足感叹的份。

自从诈尸事件后，整个村的村民便把苏宅看成了鬼屋，路过门口时总要绕道走，恐沾了晦气。远道赶来的孩子们得知真相之后，顷刻之间作鸟兽散，去赶他们永远也赶不完的前程。苏宅便彻底地冷清了下来。

冬日暖阳里，苏老太一把摇椅摆在家门前，惬意地躺在摇椅上晒着温温的暖阳，是寒冷冬日里苏老太最快意的享受。这时整条长街的人几乎全都出来晒太阳，苏老太极其喜欢这样的热闹，长年的独居生活让她对这样的场景有着难以想象的渴求。她与邻居们热络着，絮絮叨叨地磕着家常，这样的时刻总是让她充满着荣耀感。

"瞧我家老二，跟我一样还在这块地里刨食，哪像你家老二呀，都飞到美国去了。""在地里刨食怎么了，好歹总能日日夜夜守在身边，知冷知热的，多好。哪像我呀，孩子出息是出息了，留给娘的，也就是个牵肠挂肚的念想儿，难得见着一回啊。"

苏老太是远近出了名的"状元娘"，没人记得她的真实名姓了，这"状元娘"的由来是老太太特能养孩子，养出的孩子个个水灵灵不说，还一个个全成了大气候，养出的孩子太有出息了，一个个全都飞得高飞得远，竟没有一个能在她身边陪着她。老太太也不愿让有出息的孩子再回到这个小村。老大是北京一所大学的教授，老二去了美国，老三是个歌唱家，成天到处巡回演出，从来没个准……这些有出息的孩子不可能再回到这小村了。孩子们也都尽孝，一个个的全都愿接老人去与他们一起过，只是城里的生活让毕生生活在乡下的老太太无法适应，在孩子的家里，她总感觉自己是个客人。在那钢筋水泥包围着的城市里，老人总是止不住地想念着老家。

孩子们只好由着她，把老屋翻新了一下，装了暖气、电视、电话、热水器，雇了个身强力壮的保姆陈嫂伺候老人。

在阳光很好的午后，风烛残年的老人喜欢静静地坐在门前的藤椅上晒太阳，发愣：孩子们很久没有回来了，长大了的孩子们成了大人物，一个个就都身不由己，分不开身了。老人于是闭上眼睛，耳畔就会响起孩子们小时候在院子里打打逗逗的欢声笑语，多热闹呀；一晃几十年就过去了。这样的回忆陪伴着老人很多时日了。只有在这间有着老伴气息，有着孩子们成长的足迹的老屋里，老人才有一种归宿感。

如今，难得一有的繁华景象不复存在了，诈尸事件后，邻人避她如瘟神。见此光景，苏老太私下里念叨着："这还不如当初真的就死了呢。"苏老太愈发不爱出门了，很快地就病了，这一病就病得气息奄奄的，大有大势已去之感，陈嫂急得直打电话给她的儿女们，无奈苏老太刚上演了一出真实版的狼来了，儿女们还在气头上，且都要忙着自己的大事，就敷衍她几句："我们很快就回来，等忙完这阵子，春节就回家。"

苏老太是在她一百周岁寿辰那天走的，在一个异常清冷的早晨，陈嫂发现她时，尸身已僵硬。民间的习俗认为：百岁的老人去世是件喜事，也许人们认为人活一世，实在太不容易，要遭遇无数的坎坷以及不幸，能幸存到一百岁，能平安终老，无论如何是一件值得庆贺的大喜事。要吹吹打打，热热闹闹地操办。然而送行的人只有陈嫂，及陈嫂雇来的扛棺材的人。天是阴的，下起了小雨，像是替苏老太流她一生总也流不尽的泪……

境　界

　　她是个疯子，当然是在常人的眼里。

　　没有华丽的舞台，也没有华美的戏服，她只是站在一片废墟前，旁边掩映着的是荒凉的杂草，她的戏服也只是一条淡绿色脏兮兮的床单，她把它披在肩上，长长的床单拖在地上，远望去真有点像戏子挥舞的水袖。

　　清晨的薄曦，时候尚早，我成了她唯一的看客。这样的景象在我心里总是有那么一股子苍凉的味道。

　　她就那么一下子击中了我，我体会到了一个戏子的境界，不着一言。在她动听的咿呀声里，她旁若无人地摆着戏台上的姿势，我这唯一的看客只能装着若无其事的样子，我不想打扰她的世界。在她那个世界里，没有尘世的纷扰，除了她自己以及她沉浸的壮戏，在戏里，她是主角，这个世界之外的人和事，她不必理会了。

　　在戏以外，她已经完全忘我；在戏外，她成了一个彻底的虚无。她衣衫褴褛，神志不清，也许居无定所，也许一日三餐尚无着落；然而在戏里，她分明就是一位光华耀眼的主角，有血有肉、有泪有痛、有欢有喜；唱腔、扮相，一招一式有板有眼，行云流水，熠熠生辉。

　　这样的境界神圣不可侵犯。

流　年

一

那一年，他二十四岁，她十八岁。

"村里有个姑娘叫小芳，长得美丽又善良，一双美丽的大眼睛，辫子细又长……"她是他的学生，生命与他相遇时，她正处于一个女人一生中最美丽的年华。黑葡萄般晶亮、顾盼流转的双眸，曼妙的身段，天性中又有着一股童真的无邪。在课堂上，当她双手托着腮，双眸出神地瞅着他时，也正是他一生中最为陶醉的时光……

他们如美丽的传说一样，结合了。在宁静的小村旁，在滔滔的南盘江畔，他如痴如醉地拉着二胡，而她正处于对他无限憧憬当中，他的才华让她着迷，悠扬如诉的二胡声，和着江边虫儿的清唱，天边高悬的月牙，让两个碧玉般的年轻人在爱情的王国里饮着爱的琼浆，日子也如滔滔江水般流逝。

这样的宁静日复一日地上演着，当爱情的浓度减退，日子在她的眼里就变得沉闷起来了。在她天使般的外表下裹着的是一颗不安分的心，如所有漂亮女人所固有的通病一样，她不可遏制地向往着村外缤纷五彩的生活，而村里那些返乡的打工妹或开着

66

车，或傍着一个大款荣归故里般的炫耀，都让她好生不舒服。对于一个才刚刚开始生活的孩子来说，她内心底里的虚荣连她自己也无法理解。她只觉得她们有什么了不起，她比她们中任何一个人都要漂亮，凭什么她们拥有的生活她却没有。开豪车、住洋房，这放之四海而皆准的标准同样强烈刺激着她的每一根神经，而作为一个清贫教师且又安贫乐道的他来说，这样的标准似乎遥不可及。且臭知识分子满足于精神追求又自命清高的通病，也促使着他不做任何改变。

她到底还是按捺不住了，无法再守住这样一份宁静而又清贫的日子，这时候她满脑子想的全是开豪车、住洋房，她觉得这样的生活才不负于她天赋的美貌。她离开了他，尽管她也不知离开他后，生活会变成什么样子，但她强烈地感到目前的生活绝不是她想要的。也许他这么一份对她浓得化不开的爱在强烈的物欲和虚荣面前太虚弱了，有点苍白无力。

童话开始的地方总是很美，但有时童话并不会按人们的意愿来演绎。他尊重了她的选择，让她远走高飞，飞到她想要的世界。哪怕是如何不舍与担忧也只能放她走了。

她这一走就走得义无反顾，二十年杳无音信……

二

他老了，佝偻的腰身，满头的花发，只不过人至中年却显现了一副老态，他老得让她不敢相认，而她依然年轻光鲜，雍容华贵。她其实一直活在对他的愧疚和怀念里……

那时的她孤身一人来到了光怪陆离的城里，她的美貌确实也吸引了无数有钱人的眼球，只不过在有钱人的眼里，她的美貌更多的算是一种筹码，用于摆设或是炫耀。与她年轻美貌的筹码相等同的是豪车与洋房，她完成了这样对等的交易。在她豪华的婚礼上，她的美貌引来了无数的赞美和艳羡，也许那一刻她心底里的所有的虚荣都得到了极致的满足，这一场用金钱堆砌的豪华婚礼的背后，她是否又真的幸福呢？

她觉得她像进了一个套子，没有她自己。就像她衣橱里的衣服，虽华贵但没有一件是她所喜欢的。她的每一件衣服都被精心地搭配好，出席什么场合就穿什么场合的衣服，她天生也是一副衣裳架子，每一件衣服她都穿得得体大方，而她的人也像她的衣服一样，每到一个不同的场合，她便扮演着不同的角色，但这么多角色当中，唯独没有一个角色是她自己。而她的丈夫也很得意于她这样的表演，至于真正的她所需要的，所想的，他是不在乎也不予以理会的。他习惯了在这个家庭里他唯我独尊的地位。

这样的极度奢华之后，她渐渐感觉到生活变得无比压抑起来，她总是忍不住想起以前听悠扬如诉的二胡声的年月，想起前夫宠她如孩子，而她骨子底里就是一个不想长大的孩子，在前夫的娇宠里她可以拒绝长大，而本来她是可以一直过那样自由自在过她自己的生活的。

三

她离开后，他曾一度消沉，后来却又遇上了不淑的女子，勉强结了婚，后妻很强悍，更容不下他的女儿，他只好把女儿放在父母家。后来，他们也有了一个女儿，但后妻还是带着小女儿离开了他，而大女儿对他像是陌路，他又恢复了一个人的生活。经历了重重变故之后，他变得一蹶不振了，沉溺于酒精中，生活于他不再有什么色彩，而那把曾拉出悠扬如诉的曲子的二胡，丢在墙角，沾满了灰，无声无息。

在酒醉后的迷幻里，他眼前总浮现出她十八岁时的倩影，她黑葡萄般晶亮，顾盼流转的双眸……

时光按它自己的逻辑演绎着人间的悲欢。

他们各自的思绪又回到了美丽传说开始的地方，那时的他们都不是眼前的彼此。"村里有个姑娘叫小芳，长得美丽又善良，一双美丽的大眼睛，辫子细又长……"

那一年，他二十四岁，她十八岁。

男人的诺言

草地上，穿开裆裤的男孩女孩在吹五颜六色的肥皂泡，男孩在努力地吹一个很大的泡，女孩在旁边叫着："再吹大点再大点！"接着顽皮地用手指轻轻一戳，男孩生气了，埋怨道："你老戳破它。"

时光很快就把男孩女孩变成了男人女人，男人西装笔挺，女人婀娜多姿。男人信心百倍，郑重其事许下诺言："等我有了钱，我为你在海边买幢别墅，面朝大海，春暖花开。"这时的女人还很青涩，害羞地点点头，"好的，我等着你，你一定能行的。"此时的男人还是个愣小子，还没尝到多少生活的酸甜苦辣，很有一股子指点江山，挥斥方遒的雄心壮志。

后来，男人在一个建筑工地上谋了份差事，女人也已褪去青涩，为人妇，不几年之后孩子也有了，一家三口租住在离工地不远的一居室内，男人身为长子，生活的负担很重，但他没有让女人与其他工人的家属一样住在大工棚里，他一直记得他那个面朝大海，春暖花开的许诺。他们穷得装不起暖气，女人就在屋子里升了一盆火取暖，疲惫的男人回到家，看到温暖的火炉，再看看面孔依然红润的女人，感到生活得很满足。想起他那个面朝大海，春暖花开的许诺，便觉得亏欠了她，让她跟自己受了苦；女人倒不觉得，这日子虽苦，有男人厚实的爱却也其乐融融，眼下里虽是寒冬，她冰凉的脚夜夜总是被男人用火热的胸膛捂着，寒冬很快也就要过了，日子很快就会好起来的。

　　经过生活的柴米油盐的打磨后，这时，女人再看男人，眼里就多了份宽容与慈爱，看男人再指点江山时，就像看草地上那穿开裆裤的小男孩："傻小子，你吹吧，只要你乐意，我不戳破你就是。""唉，他只不过是补偿一下在生活的重压下心有余而力不足的遗憾罢了，也无伤什么大雅。"

　　其实，于男人女人而言，生活有了这些肥皂泡的指引，才会变得五光十色，才会有盼头。

小 村 印 象

我就要与我的学生去做一次较远的徒步旅行了，我是那样地喜欢行走在一个又一个陌生的小村庄。而与那些孩子在一起，我的心也可以像他们一样单纯而空白，可以轻松地只活在此刻，对周围那些可心的事物发出来自心底的微笑。

大自然任何时候对于人类来说都是宁静的，它没有喧嚣的语言，它本身就是一位不言的智者，静静地穿行于其中，那夏日林中的葱茏及欢腾的鸟语，小溪流的明净，蓝天的高远——那是一个不需要人类参与而独立存在的世界。

央边村

我细细地探寻着这个小村的历史，他们的先祖来自浙江余姚，为平息南蛮而来，后建村而居，至今已经有七百年的历史了。其中，先祖们也曾有过辉煌的过去，不外是村中的子民有的官至尚书抑或省级官衔等，后人提起来时，仍有一种掩饰不住的钦羡之色，深为先人的辉煌而骄傲。而我却本是心性甚为淡泊之人，只对讲者轻轻一笑，以一个局外者的身份平静地听着这些故事。

　　黄昏的时候，来到那荒草掩映的墓前，斑斑陆离的石碑，岁月的风蚀早已让它失了当年的颜色；长满青苔，风雨的侵蚀，让它本身也已成为了一部历史，不再有人去追寻过去，所有曾有过的辉煌抑或荣辱也都携了这抔黄土，埋在了地下。而这黄昏是极其宁静的，尤其在这样一个远离城镇的山中小村。夕阳金色的余辉温和地洒在那片碧绿的田野上，暮归的人们脸上带着霞光，带着一种劳作后宁静的疲惫走在回村的路上……

　　其实，这景象多年以后也会成为后人埋葬在黄土里的历史，也许还偶尔会有一些有兴趣的人会去看一看那已斑驳依稀的碑文，会那么偶尔地想一想过去，他同样也寻不到那最初的源……

　　而在这历史长河中，每一个平凡普通人的命运无不打上时代的烙印；每一个平凡普通人也只能活在他所属的那个时代……

瑶 寨 对 歌

那一年我二十岁，被分到广西西北的一个瑶族乡任乡政府秘书。我是一个一直在书圈里打转的呆子，也不知这秘书是个多大的官，总之，我掌管那枚公章之后，去到哪儿屁股后都跟着要盖章的人。

特别是到了圩日，瑶胞来得特别多。这是个壮、汉、瑶杂居的小乡，以瑶族人口为多数，多数瑶民能说壮、汉、瑶话，汉族在这是少数民族。全乡有七个村五十六个自然屯，壮族最先来到这儿，占据了靠河的有利地势，瑶族只好到高山上去安居了。"左青龙，右白虎。"这是他们选宅的标准，瑶宅多建在高山上视野极为开阔之地。

书记看我是个呆子，便有意放我去村里锻炼，去"体察民情"。我们每到一个屯就开始工作，通常是在晚上，召集群众在村里的大树下开会。

与瑶民接触多了，我感觉到瑶族似乎是个更能快乐的民族，我亲身经历过一次瑶寨对歌：瑶寨里有这样的习俗，每当哪家来了客人，是男的，那么当晚村里所有的女子，尤其是未婚的年轻女子，皆会聚于此家中，围坐在堂屋的火堆边对歌，反之亦然。他们热火朝天地唱：歌词大多是夸对方漂亮能干，以及对对方的一片情意。瑶家青年男女就这样来表达他们火热的情与爱的。火堆的火忽明忽暗，光影里那一张张年轻、兴奋、含羞的脸在晃动，婉转绕梁的瑶歌，曼妙的旋律；小伙粗犷、狂放、喑哑的歌喉，姑娘热情如火，野性十足、高亢嘹亮的金嗓在屋里来回传递……

由于听不懂歌词，我逐渐困了，就先去睡了。

第二天，我问其他乡干部："他们对歌对到什么时候?""后半夜……"

火热的生活都这样浓缩在这山歌里，一个民族一旦有了它的文化，它便是独一无二的，对歌是了解瑶族的一个很好的方式。虽然他们的生活不富有，但我更多地感受到的是他们生活当中的平和与知天乐命的朴素，也许生活简单了，心便也简单了，眉宇之间便也清爽了，至少我感受到的是这样。他们是贫穷，但没有我们想象的落后，也没有我们想象的单调乏味。他们比我们更接近生命的本原，拥有更朴实的快乐。我想一个民族的文化不应该是被物化的，或是以物化的标准来衡量。

多年之后，我离开了那里，那辽远的歌声仍会萦绕在耳际，如天籁之音……

却道天凉好个秋

一盘自己腌制的酸豆角，红红的泡椒，就着超市买回的肉泥，再在旺火上炒上一把，装在碟中，粥也已经熬好。开胃爽口的那份劲儿呀，一下子就让人心满意足了。

想起李清照的那句词："少年不识愁滋味，为赋新词强说愁；而今识尽愁滋味，却道天凉好个秋。"也许真应了大悲不言，大愁不语吧，一个青葱般的少年，他所刚遭遇到的磨难，都似泰山压顶般的，于一颗青葱般稚嫩的心来说，自是愁的，那份敏锐而稚嫩的感受，便是整个愁字了得。

人的少年时代，有着蓬勃的朝气与欣欣向荣的志向，人生展现出种种无尽的可能，羽翼刚丰，加之以翱翔的跃跃欲试，少年时期的血气方刚支撑着，少年便有了勇往直前的斗志。

及至中年，回首相望时，一路打来一路杀的拼搏，却在现实的极大的局限中渐趋缓和，就像湍急的溪流到了平坦之地，步子慢了下来，心劲缓了下来，得失荣辱也淡了。

回想起少年时代，我常想起与母亲一起去菜市场买菜的场景，年少的我是从来不屑于去关注肉价，如何讨价还价，如何选到一块好肉诸如此类的琐事的，反正有母亲张罗着这些琐事，我只是不耐烦跟着欢喜的母亲帮着提些东西，记得那时母亲的心是欢欣的，母亲张罗着给我煮好吃的。少年时自视的清高让我置身于这些琐事之外，却从不愿接过母亲的担子，总是任由着母亲为我担心着。

而少年时最大的恐惧莫过于想到有一天母亲终将离我而去，我如何度过将来没有母亲的日子？那时对于死亡突然间有了恐惧，这一直是我最为惧怕的。而今，我也将渐近母亲当年的年纪了，此时母亲已离世多年。最为恐惧的，最为心痛难耐的，最难扛的磨难也已然降临，无情的悲欢离合并合着光阴之剑，任意宰杀着这芸芸众生，自己只不过是千万蝼蚁中最微不足道的一只。

命运的沉浮，浮世的荣耀，似乎已不重要了，光阴是不动声色的大师，光阴让人学会了从容，学会了担当。老了光阴，老了心，人生清欢，大抵是凉的。而最能寥寥数语便道尽人生之况味的词莫过于南宋词人蒋捷的《虞美人·听雨》了："少年听雨歌楼上，红烛昏罗帐。壮年听雨客舟中，江阔云低断雁叫西风。而今听雨僧庐下，鬓已星星也。悲欢离合总无情，一任阶前点滴到天明。"与李清照的"却道天凉好个秋"有异曲同工之妙。

闲下来的日子，静静地绣着十字绣，心境亦是安适的，左一针右一针，便悄然地网住了光阴，而光阴是无声的，在茫然回顾的刹那，已是此去经年。

世事难料，无论怎样的境遇，只要存了一颗随遇而安但并不颓圮的心，在哪里的天空都可安享一杯热腾腾的清茶，哪怕屋外已是冰天雪地……

寻找苍凉背后的东西

生命是一场表面的浮华，看透这一点的是老人，什么都成为了过往，生命中只有回忆的老人。所以老人脸上难得看到焦虑，更多地体现出来的是安详，无须多说，一切已是定局。他们在生命即将落幕的日子里，细细地回想，这一生到底有什么是真正留下来，可以成为永恒的东西呢？

也许有，也许没有，每个人的人生都是不一样的。每一个人的脚步也都是自己走的，无人可替代。

"Kill the time."英语里消磨时间的说法是把时间杀死，可我觉得恰好相反，是"Time kills us."每一天我都被时间杀死，时间把我们每一个人的生命分为一天又一天，最后，时间会和我们来算个总数。它在一天一天地杀死我们，慢慢地留下些痕迹；它再把我们分成幼年，童年，成年，壮年，中年，老年，它不会一下子就置我们于死地，它让我们去经历这一生。

时间让我们在身体上有所体会，当我们看着婴儿一天天长大，心情是欣喜的；在长大的过程中，又被赋予了无数美好的愿景，这一过程生命还处于繁华的表象。时间是温馨的，它给予青春缎子般光滑的容颜，娇妍的体态；然后渐渐地把皱纹，老年斑，病痛加于中年后的人生，他让生命繁华亦让它凋落，他才是主宰。

近日一直在看《再见艳阳天》，虽说剧情老得掉牙，人工痕迹亦浓，却仍是能吸引着我看下去，有意思的是，我是从二十集看到三十二集，主人公的命运结局全都看了之后，再去从第一集开始看。可惜真实的人生不可能看到结局之后再重新开始。

第一女主人公秀巧自身个性所具有的坚韧，以及天性中难得的那份识大义、无私、隐忍，人性中一切美好的性情她都具备了，最终自立自强成为了一个商界的能人，对生活的热爱及对理想的追寻最终成就了她，她创立了自己品牌的蕾丝娃娃。然而在情感上她所经历的种种波折，恩怨，错综复杂，秀巧、文凤、方贺生、韦振帮、丁敏他们都是有着美好性情的人，最终这些人在一起却构成了种种伤害，使得剧情一再地在观众心里嗟叹着。那么这剧情里，我真正欣赏的人是韦振帮，爱得光明磊落，情深意切，却又是最深知秀巧的为人。最终导演还是让有情人终成眷属，方贺生与秀巧最后在桥上相拥，韦振帮独自离开了。但秀巧这个人物毕竟是影视剧里的人物，她几乎是完美的，她的人性中几乎没有半点恶的影子，她总是从别人的角度来体谅别人，理解别人，从不伤害别人，理解别人内心深处的想法，全无半点私心。人性中该具备的美好她全有，就这一点来说，显然就不符合真实的人性了，这也许是导演宽慰观众，让观众的美好愿望在她这个人身上具化吧。事实上，这样的人在现实中几乎是没有的。

时间流走了，真爱留了下来，人性中一切美好的东西皆化为了不朽，成为了滋养生命的养分，唯有这一些，让我们本就已苍凉的生命萌生了一丝暖意，透过生命这场表面的浮华，人性中的至善至美才是人心所向，人心所往。尽管真实的人生是千疮百孔的。

被爱情所废

虽说爱情可以点燃生命的熊熊烈火，成就一段人生传奇，然而爱情这股熊熊烈火却同样能带来灭顶之灾。

那日看纪录片《梁思成与林徽因》，林是集才、貌、品三全之人，越是优秀之人，越是具吸引力之人，也许反过来对别人的伤害也就越大。"我将寻找我唯一的灵魂伴侣，得之，我幸；不得，我命。"然而，在异常理智的林徽因那里，多情的徐志摩注定了"不得，我命"这样的结局。梁思成与林徽因珠联璧合，他们在事业上相互扶持，取得了瞩目的成就；后来的岁月也验证了林当初的选择是正确的，这对伉俪，他们的爱情也成就了一段传奇与人间佳话。而徐在这段佳话与传奇间，只充当了林一生当中短暂的一段浪漫的小插曲而已，然而徐为了这段浪漫却是把生命也搭了进去的。

也许溺水三千，我只取一瓢饮，千帆过尽，却只等属于自己那艘归帆。中国的古语说得却是极有道理，成家后方可立业，找到专属自己的那艘归帆，心不再在茫茫人海中漂，落到所爱的人的怀里；静下心来，做一些有意义的事。也许这样的生活才是扎实的，才不会被无望的爱情所废。

无望的爱情，不要也罢。

只 要 有 爱

　　他和她都已是奔四之人，各自拖着一个孩子，介绍人把他们撮合在了一起。中年人之间的感情不再是年轻时那样了，每个人带着前一段感情的伤，又像刺猬般护着各自的孩子，间接地他们两人的关系似乎上演着的却是六人大戏：他俩、前夫、前妻、还有双方的孩子。这样的关系让都想宁静的两人异常疲惫，他俩之间确实是有那么点喜欢的，只是牵扯了太多的人，人与人之间总有恩怨纠葛，剪不断理还乱。

　　思来虑去，他们觉得还是各自分开的好。尽管有了分开的想法，他还是想带她去乡下侄儿家玩一回，让她体验下农村的生活，也不枉认识一场。天有些冷，到达他侄儿家时天已全黑了，门旁边"汪汪汪"几声狗叫后，侄儿一家热情地迎了出来，这情形，让一直生活在城里的她有这么一种"柴门闻犬吠，风雪夜归人"的感觉。

　　堂屋门前对着的是厨房，环顾四周，夜有着乡村异常的黑与静，进得堂屋来，堂屋里边还是毛坯房，裸露着砖头及黏合的水泥，屋正中供着先人的牌位，典型的农家摆设，为了节约电，灯光是昏黄的。

　　侄媳妇打开厨房，开了灯，灶里还有着火，旁边的一个灶里还煮着猪潲，一会儿工夫，侄媳妇装好了锅，生好了火煮饭，她便静静地坐在火灶前看火，这情景让人心里很暖，回头看看他，一脸爽朗的笑，他笑起来时脸上会有两个好看的酒窝。这让她想起小时候的事情来，她也是这样看着灶火，母亲在掌勺炒菜，父亲在一边切菜，也是在这样昏黄的灯光下。她偷偷地看了看他，这时他正在全神贯注地切着腊肉，他喜欢煮菜。

侄媳妇已打着电筒去菜园子里掐了青菜回来了，他这时洗好了大锅，正拿着大勺炒起肉来。时不时地进来几个亲戚或村子里的熟人，他本就性格爽朗，与他们聊得甚是开心，她知道他的根在这，这才是他心中真正的家。她突然有点可怜起他来，看着他侄子一家的幸福，他本应该也这样幸福的，以他爽朗的性格，乐观的天性，何苦要娶那样一个妻子，离了，又当爹又当妈的真不易。

他看着灶前静静看火的她，原本有点担心她会嫌弃乡下的简陋，这时看她脸上却是一副很受用的表情，刚才偷偷看到她在门前一个人偷偷地与那匹白马喃喃自语的孩子样儿，心下里就可怜起她来：哎，她也不易呀。

端菜上了桌，侄儿与侄媳妇一起陪着吃第二餐晚餐，两个女儿也加了进来，老人坐在边上带着孙子看电视，小女儿时不时地也闹着喝娃哈哈，娃哈哈是他买来的，孩子果然很喜欢，侄儿主外，侄媳妇主内，侄媳妇穿着虽简朴却一直笑语吟吟的，一看就知侄儿与侄媳妇很恩爱。

他其实需要的不多，就是当他夜归来时，她能像侄媳妇这样为他煮好饭菜，这是他一直想要的有女人的生活。也许是都市的生活把爱情复杂化了。他这么点需求却很难达到，与前妻的共同生活更让他有着一种如履薄冰之感。

　　她就那么看着这一家五口人合乐融融的场面，感觉到有一种爱和情在这毛坯房里流转着，这是再怎么精装修的家里都难有的。

　　她明白了，这之前他们都太自私，也太复杂，太过精于算计与计较，都市里的钢筋水泥把人的心变硬了，也变得物质化了，其实问题远没有他们想象的那么复杂，只要有爱在他们之间流转，爱就能把他们变成一个整体，有了爱，彼此之间就会其乐融融。

凤姐的笑靥

初见凤姐时，没觉着她与常人有什么不一样，印象中感觉她的笑很是平和，私下里我就想，这该是个生活幸福的女人吧，幸福女人的笑总是平和安详的。

后来参加一次聚会，认识了来自深圳的夏姐，她很健谈，她来这儿是开个产品展销会，相谈甚欢之间，我聊到了我的文学爱好，夏姐一把扯过凤姐，说："你该好好写写她，我们的凤姐还真是不易。"凤姐如今很成功，整个山城的市场都是她打开的，她培养了无数的弟子，把她们的产品销售做到了最大，广州，桂林，深圳都有她们的市场，这一群人中她是领头羊。

凤姐是个自强自立的典范，人如不去开拓自己，永远不知自己有多大的潜力。如何去开挖自己的潜力，内心先要有强烈的改变命运的愿望，不屈服于命运，你才可以在行动中不断提升自己，迈开改变自己的第一步之后，勇敢地走下去，你就有能力面对你所要面对的一切，很多能力是逼出来的，正如凤姐，她尚有如此多的身体上的不便，一只眼患白内障，另一只眼视力很微弱，耳朵要带助听器，她都能克服这些不便，更何况我们正常的人呢？我们还有理由放弃心中的梦想吗？

凤姐自个儿说，当初这样走出来，是为了求生存，不想成为家人的负担，就想让自己还有点用，不想就这样成为一个废人。一旦把生意做大之后，想法就改变了，想着自己还能帮助更多的人，改变他们如自己当初的困境，就觉得自己这样做更富有意义了。凤姐在自己事业的位置上找到了自己做人的价值。

如何成功地扼住命运的咽喉，成为自己命运的主宰？试想，如果当初凤姐只是在自己的缺陷中自艾自怨，抱怨命运的不公，最终成为家人的负担，她又如何有今日不菲的业绩？

其实，幸与不幸只在一转念间，幸福不是上苍所赐，而是自己努力的结果。凤姐的事例告诉我们，如不与命运去抗争，岁月会磨灭掉我们所有的灵性和激情，会无情地冲刷一切，最终，我们会一事无成。

凤姐祥和的笑靥，是经过无数泪水浸泡之后，经过无数挫折伤感之后，也必是经过无数的苦难之后才绽放的笑靥。经过风浪之后所获的平静是真的平静，内心里已知如何去掌舵，如何去搏击，再大的风雨袭来也已知如何应对了，行事之间遂获一份从容，言语之中自信与坚强就自然而然地流露，眉宇之间，笑意盈盈，从内到外散发的那种暖人的气息，让人如沐春风。

凤姐的笑靥犹如草原上风雨过后绽开的格桑花，朴实、毫不张扬，却格外美丽……

仇恨是一种自伤

——观《又见一帘幽梦》有感

昨晚看《又见一帘幽梦》，看到绿萍被仇恨所伤的样子，很是痛心。她的仇恨在她看来都是有理的。而这些仇恨也正是琼瑶阿姨用来制造高潮的拿手好戏。只是局外人看来，却无论如何都是一场悲剧啊。

剧中有两个人物（绿萍和她的母亲）充满着仇恨，都是为情所伤，有了仇恨，那么唯有报复才是最感痛快的手段了，可是所有的报复除了两败俱伤外，没有一人是可以幸免的，报复的结局是同归于尽。仇恨也可以等同于自我毁灭，而仇恨是要付出高昂的代价的。

楚濂正要和绿萍摊牌，说他爱的人其实是紫菱，然而由于心里极度不安，在行驶的过程中出了车祸，昏迷之后一醒来，所有的结局便都要改写了，绿萍断了一条腿，而车祸是由于他的不小心驾驶造成的。内疚使得他还在伤痛中就向绿萍求婚了，紫菱便嫁给了云帆去了法国。后来一个偶然的机会，绿萍发现了楚濂爱的其实是紫菱时，这个心高气傲的女子顷刻间便崩溃了，一个视舞蹈为生命的女子在断了一条腿后，又知道了当时出车祸的真相，自己爱着的人心里爱的却是自己的妹妹。她心里所有的信念全都颠覆了，她无法自控，她用疯狂的报复行为逼走了楚濂对她残存的一点内疚、一点爱。楚濂再也无法与她共同生活在一起。绿萍的母亲舜涓也是一个悲剧人物，她与汪的婚姻从一开始就已是错误，本是水火不容的两种人却住了同一屋子里，当年舜涓用计逼走了沈随心，换来了与汪的 20 年婚姻，其实也可以说这出悲剧其实是她自己导演的。剧中人物间充满了恩怨纠葛，站在自己的立场上看都觉自己是个受害者。而心里充满了善念的紫菱、楚濂、汪、随心被绿萍与舜涓仇恨着，最终会在彼此的善良中相互扶持，共同走过这场心灵的苦雨。浩劫过后，我想他们会用爱再重新营造一个美好的世界。

其实绿萍完全可以有另一种结局的，她可以选择宽容，在无法改变的事实面前，经营出最好的结局来，她同时也应该想到楚濂在犯了大错的同时，也同时在赎罪，用自己的一生来赎罪了，妹妹紫菱舍弃了所爱远嫁他乡，也是对她的爱呀。好好地珍惜这残局，用爱把彼此解救出来，难道不比现在疯狂的报复来得更好吗？漫长的岁月中建立的恩情难道不足以泯灭一场仇恨吗？好好珍惜楚濂对自己所做的一切，那么伤害就可以降到最小，那么伤残的也仅仅是一条腿而不是整个心。也许解救自己的真的只有自己，唯有改变了自己的想法才可以自救。生命是宝贵的，如果用来仇恨岂不是把它给糟蹋了，面对伤害，以淡然之心待之，用冷静和理智来处理，而不要让仇恨之火焚烧了一切，到时悔之晚矣。看了《忏悔录》就可以知道，许多当事人造成今日之局面，无不是因仇恨的怒火蒙住了双眼而犯下了无法挽回的大错，人生不可能再重来，别为仇恨付出太大的代价。

反之，被仇恨着的人并不知道你的仇恨，也许有些许良心的人会自责，自赎；而良心喂了狗的人，无论怎样，你的仇恨并不能把他怎么着，反而是你在浪费你的情感。人活一世，谁也避免不了被伤害，也可能会伤害到别人。我们在尽量避免伤害别人的同时，也尽量避免被别人所伤，一旦伤害造成了，对伤害一笑而过，为了自己将仇恨放下，才不失为一种良策。

俗话说不记仇的人才是快乐的。不记仇的人让自己的生活开阔了，不拘泥于恩怨之中，对人宽容也是对己宽容。不记仇是一种智慧，是生活的一种哲学，人生苦短，生命是用来享受美好的，不是专门来装满仇恨的。在经过了伤害后，我们可以采取法律的手段惩罚恶人，从此就可以将之弃如敝屣，让心灵再度复苏。我们的心灵是有这样的自我复苏的功能的。如果再用整颗心来装满仇恨，那么伤痛便永远也不会愈合，自己也将陷入万劫不古的深渊中。

将仇恨放下，还心灵一块净地，同时也给自己一片好好活着的天空。

别人对我不仁，我不能对他不义

被誉为新加坡版大长今的电视连续剧《小娘惹》，长达三十二集，爱恨情仇，波澜壮阔，而让自己思索最深的却是女主人公月娘说的这句话，"他们对我不仁，我不能对他们不义。"起初，只觉得月娘的所作所为让人窝火，憋气，有仇不仅不报，反而对以前曾迫害过自己的人说这么一句话，"我不能对他们不义。"

《小娘惹》故事从上世纪三十年代展开，横跨八十年，直到现代。

月娘的母亲菊香出生在一个土生华人大家庭，是出身低下的姨太太的女儿，温柔漂亮，自幼从母亲身上学到一手好厨艺和女红。天生聋哑的她，备受歧视，在日军南下前夕，被安排嫁给一富有人家当妾。菊香反抗逃婚，遇到一个日本青年摄影师。经历一番波折，两人结婚，生下女儿月娘。动荡的大时代，让她饱受折磨。她的丈夫死了，她也死了，留下仅仅八岁的月娘。

月娘辗转回到开始走向没落的外祖父家。在外婆的督导下，月娘学习传统的厨艺、女红，长大后就像她母亲一般漂亮。战后，逃难到英国的外祖父一家回来了，月娘就像当年的母亲一样，被歧视、毒打、折磨，甚至被抬出去活埋，为了保护外婆，她忍辱承受。

外祖父家在战乱中厚实的家底日渐亏空，再加上独生孙子的不才，最后全家人入不敷出，庞大的家族轰然倒塌。他们只好变卖了祖居，流落街头；而曾经饱受他们迫害的月娘做生意却风生水起，成为了马六甲一带有名的富商。外祖父一大家子人虽感到无脸见月娘，却仍是厚着脸皮来求助了，月娘买回了祖屋，接回了外祖父一大家子人，并终身供奉着他们。这时曾全程目睹了月娘所遭受的种种苦难的下人桃姐禁不住问："他们对你这样，你为何还要对他们那样好？一切都是报应，这一切全是他们自食其果。"饱经了沧桑的月娘眼望着前方，从容地回答了上边这句话："因为他们对我不仁，我不能对他们不义。"

沉静下来思索之后，才真正知道，如用不义对待不仁，那么仍会是长长的仇恨的累积，这样的仇恨是没有尽头的。能最终消灭仇恨的唯有爱，一切美好圆满的东西无不是爱的结果。后来的事实也证明了月娘的这句话：一家人幸福地生活在祖居里，外祖父母得以颐养天年，一切曾经的伤害如云淡风轻了无痕。月娘用义去对待不仁，却结出了仁的果子。能用义去对待不仁的人，需要的是多么大的胸襟，对人性的黑暗与弱点需要持多么大的悲悯，悲悯苍生的胸襟在这个弱小的女子身上发挥出了人性深处耀眼的光芒，正是这一点深深地打动了观众的心。

那朵凋零的花儿

一个生命，无论它外表有多丑，地位有多卑微，作为生命，它都是美的，因为它独一无二。臭虫亦能活出它的风采，是因为它只是它自己。

我在一个小村里教书，有一条国道通过这山村，贯穿滇、黔、桂三省，像围棋术语里所说，这小山村有通向外界的"气眼"。

日升日落，人们的日常生活在平静单调的劳作中重复着，每日里教书，接触的也都是些单纯的孩子，恰好与我简单不知变通的个性相符，这种宁静的时光于我恰是适宜的。

小村里极少有新鲜事，人们闲聊的话题里便时不时提到这个疯子，她大约已十八岁了，看上去只有十二岁的样子，一生下来智力便有些障碍，农村人家穷，是女孩子已是赔钱货，何况又是此种光景；她一落地，就已面临自生自灭的命运了，而父母最终只是以恻隐之心养大了她。

她长得丑，心智又是半疯的，经常来学校看我上课，学生见了她就会分神，而我却不能惹恼她，她天不怕地不怕，惹恼了她，她满嘴的粗口话像一盆盆脏水一样泼向你。

小村的人们戏称她为"警花"，缘由是每天她都会站在这条国道中间，向着迎面而来的车辆，伸出两根指头，过路的司机却也不敢惹她，往路边丢一两毛钱，趁她捡钱之际把车开走了事。久而久之，她便得了这个绰号，没人知她的真名了。

她虽是这般光景，却也到了青春发育期，女人该经历的她也不例外。只是她活不出花样女孩子的尊严和美丽，每月的那个时期，她的裤子总是脏兮兮的。

后来她又经历了一场大火，许是她命大，没死。那脸却烧得更惨不忍睹了。听说有次她母亲骂她叫她去投河，没多久她真的往几米深的水库里跳，却被一好心人给救上来了。

后来有一天，学生告诉我"警花"死了，死在她家的毛厕里，淹在粪池中……

一朵本应正在开放的花儿凋零了，在外人的眼里，她丑陋、卑微，无足轻重，她得到最多的是人们，包括她的亲人的厌烦和唾弃。幸好，她是个疯子，她读不懂人们对她厌弃的目光，她只活在她自己的世界里。她的世界里又有什么呢？"子非鱼，焉知鱼之乐乎？"我不得而知，我真的不知道一个疯子的世界是怎样的。她在别人眼里只是个废物。她死了，似乎小镇上的人们都松了口气，人们再津津乐道别的什么去了。她的死，像一片轻飘羽毛落在水面，激不起半点涟漪。

一个没有自主意识的生命就这样凋零了。在她的一生中，她没有半点自主意识来掌控她自己的命运，而人们悲悯的情怀于她也是吝啬的。一株没有意识的树，落在适宜的地方，有春风、雨露、阳光，它就会尽显它美丽的生命，它会绿荫氤氲，会有满树的繁花，一直到它自然生命的终结……

她的故事读来让人沉重，却是一个真实生命的历程，这个过程中生命是多么脆弱，我们对于生命的漠然，与自然界里强弱者之间的厮杀又有何异？我们自以为有超越万物的头脑，可为什么我们的世界里仍有这样凋零的生命？

一个弱势群体得不到保护，得不到关爱的社会，在我的眼中，它是残缺的，仍然还是动物性的，人类仍没有进化完毕。只有这样脆弱的生命落在了一个我们每一个人用心营造的和风煦雨的世界里，安然地生长时，人类才是完全进化的，也才可以说，这个世界是文明的。

我期待那一天不久就到来，我相信有这么一天。

关爱自己，美丽地活着

听做护士的二嫂说了这样一个病人：一个女孩死在病房里了，年前二嫂说到这个病人，她是个吸毒者，生了病无钱医治，也没人理，而她自己的心态也已扭曲了，她的死因是自己注射毒品，全身的血管都扎满了，最后扎到大腿根部的大动脉引起败血症感染而死的。她的死状很可怕……

也许她出生时也曾是父母心头的一朵花，死时却是如此不堪，死得毫无尊严，也毫无价值，好像这样的一个生命凋零而去，给周围人的感觉是轻松了、干净了。

也许是家庭没有温暖，也许是周围的人冷漠没有人关爱，也许……最终导致了她无家可归，自暴自弃，也许她也曾经几度挣扎，却仍是无力摆脱这样的命运。最后只有毒品带来的那个虚幻的世界才能给她以温暖，这其中也许有很多导致她走上这条路的必然因素，但我仍然要大声地说一声：最主要的原因是她没有关爱自己，没有珍惜自己最为宝贵的生命。

她死了，我无法再去寻访她的足迹，也无法知道她内心所想，在她临死时，她的心理终究是怎样的？无法得知了，只是她的生命却可以为活着的人作一个参照。

我看到了路边卖菜大娘风霜的脸上却依然有着朗朗的笑，如果说生存的压力造就了她的今日之结局，我想一个卖菜大娘的生存压力不会小于她吧。卖菜大娘活出的尊严她为什么却活不出？

如果拿自己的生命或一生去与这社会的不公平作赌注，那实在划不来的。一味地去抱怨周围的环境也无济于事，我们所能做的是调整好心态，关爱自己，美丽地活着。哪怕多艰难多困苦，生命依然是可以美丽的。

我们的生命本就是肉体凡胎，脆弱不堪。它无法不受伤，每个人来到这世上，到最后必是伤痕累累而去，又有谁这一生都是一帆风顺，平平安安，又有谁是活在真空中，活在仙境里？又有谁能呵护你一生？我们必是受尽各种折磨，心灵必是受尽各种苦楚，有时生命得无数次地从头再来……所不同的是，我们可以选择关爱自己，关爱自己的心灵，滋养好它，一个关爱自己的人，面对多舛的命运时，才能养足好精神从容应对。一个能关爱自己的人，无论处于何种境地都能依靠自己心灵的力量站起来，美丽地活着，犹如微风中路边卖菜大娘脸上朗朗的笑。

心灵是无穷大的，它无所不容。比之如大海，那么所经历的苦痛装到心灵的大海中，也就只是小小浪花一朵，掀不起大浪了。

为了我们的眼能看到怡人的风景，我们必须活着；为了我们的耳朵能听到动人的乐声，我们必须活着；为了我们能吃到美味可口的食物，我们必须活着；为了我们的心能感受到诚挚的爱，我们必须活着；为了母亲关切注视着的目光，我们必须活着；为了纯洁婴儿的笑脸，我们必须活着……有太多活着的理由，生命最大的奇迹是它的诞生以及活着的整个历程。

任何时候，任何境地，人都要好好爱自己。只有关爱自己，才能美丽地活着，更何况我们身边依然有爱，我们心里也依然有爱……

幸福的身影

人至中年之后，对于幸福的定义就有了较青年时期不同的理解。幸福不再是轻启朱唇的千万句我爱你；也不是用于作秀的999朵玫瑰。随口而出的我爱你没有什么分量，人们言语里说出的东西不再代表着什么了。

小区里时常有一对相互搀扶着的中年夫妇，每每看着他们的背影，我心头蹦出的总是幸福这两个字。也许是自己形单影只吧，对于他们相互搀扶的身影总是心生羡慕：这辈子能找到相爱的人是如此不易，更何况是这么一份经风历雨的爱情就更是不易。"执子之手，与子偕老。""无论是健康还是富有，贫穷还是疾病，你都会娶她为妻吗？"中国古老的《诗经》里对爱情的描述是那样质朴；西方教堂的牧师在婚礼上的证词也都在这样诠释着爱情的要义。他俩的身影，默默相扶，不着一词却总让我想起这些诗句。

自从女人病了一年多之后，男人鬓边的头发就已发白了，面容也已日显苍老倦怠；而他的女人在大病一场之后，腿脚走路已不太利索了，但精气神儿一点儿没减，脸上洋溢着的依然是她一贯端庄的美。男人是她山一样坚实的依靠。看着女人的病情日益稳定好转，由原来的躺在床上动弹不得到能自己拄着枴挪步，男人始终悬着的心终于可以放下来，可以稍微喘口气了。灾难终于在他们面前消停了一些，病魔也不再总是狰狞着一副脸孔，它变得和缓了，生活似乎能恢复到往日的宁静与祥和了；而他们也像一对刚经历了凄风苦雨，余悸未消，还在瑟瑟发抖的鸳鸯，如今在他们的巢里相互依偎着，安享苦雨之后难得一见的阳光……

"没有他，这回我就没命了，照顾我一年多来真苦了他，他没有半点嫌弃。""当我看着躺在病床上的她，我宁愿是我躺在那，我去遭受她所遭受的一切，而不是让她去遭受啊！我又怎么忍心丢下她不管。"

灾难是一场最无情的考验，当灾难袭向婚姻中的一方时，如另一方不够强大，不足以承受并担当起这场灾难，就会弃婚姻而逃。也许这不关道德不道德，爱或不爱的问题，更多的是关乎这个人是否强大，强者才能爱，只有强者才能在灾难中为爱支起一片晴朗的天空。有能力承担爱的人并不多。因此，对他更生一层敬佩；对她，更多一份祝福，祝福她在这强健的爱的臂膀里早日康复。

但愿春永在，波长平。

难 忘 初 心

其实年代久远了，在记忆中存留的却多半是些极其温馨的小事，至于那些个鸿篇巨制倒没留下些影踪来。想起初为人师的一些小事，回忆中那些可爱的学生，他们鲜活纯真的面容以及我们师生共建的那些温馨时刻，想必也在他们青春的记忆里吧。

那时在乡下，没有现在的公寓，住的是平房，厨房与房间是分开的。那间小小的厨房旁，有我开垦的一小块地，那变成了我们师生的一块乐园。学生多半是从各个村子里来的，在学校食宿。正是长身体的时候，学校的伙食，还有其他的条件都是较为艰苦的。印象中他们都是极其饥饿的。而我的小小厨房为他们解馋倒发挥了很大作用。记得有一次与好友炖了满满的一锅猪脚，没吃几口，我们就被腻翻了。两人就外出散步消食，回来之时，那锅猪脚已不翼而飞，锅被洗得很干净。我能想象得出我那帮馋嘴猫们大快朵颐的情形来，而正儿八经地叫他们来吃，他们却是极为害羞的。后来类似的情形我就见怪不怪了，小小的厨房成了连接师生的一条纽带。我的餐桌上时不时地会出现一些应季的野菜，雷公根、百花菜、野蘑菇等，而我也知道了什么时候野百合开了，何时山杜鹃盛放……孩子们会在返校的途中，把他们眼中最美的东西拿来放在我的餐桌上，同时，他们也会把他们的父母为他们所做的最为喜爱的美食匀出一点儿来放在我的餐桌上，也让我分享一下他们父母的爱。我那帮小的们全是害羞的，所以我们之间形成了这种不见面的联系方式，渐渐地我知道了谁送的野百合，谁带来野蘑菇，谁家的粽子是什么味儿，我都能分辨出来了。可是有一次我的餐桌放了一大块肉，不是猪肉，不是我平常吃的任何一种肉，肉极为嫩滑，有一股甘甜味，也不知是谁送的。于是碰上他们几个人来我厨房打水，我便把吃到的肉味的感觉描述了出来，末了问了句："只可惜不知是什么肉。""老师，是刺猬肉。"不打自招，答得最快的那个学生自然是送肉之人了。

　　最好玩的是那块菜地了，学生从小就帮父母做家务活儿。地里何时该种什么菜，他们是最为清楚的，他们会从家里带些菜籽来，细心地挖土、播种、施肥，我记得老熊还专捡些窠臼之处，见缝插针般地播几粒玉米种，到最后收成时，我们居然可以吃到自己种的玉米，且在厨房里用炭火烤着吃。

　　多年前，与这些心地极为单纯的学生相处，在极为平凡的小事之处体会着他们对我的点点滴滴之爱，不知当时的自己是否也给予了真诚的回馈，那小小的厨房和菜地，像是我心中的一片桃花源，回忆起来依然温馨，尽管已此去经年，心也已历尽人世沧桑，不变的依然是那颗初心……

十　元

　　"铃……铃……"放学铃欢快地响起来了，孩子们饥肠辘辘地直奔饭堂，明与好友玉走在这匆匆的人流中，不时地敲打着手中的饭盆。

　　不远的操场上，一堆小山样的沙子堆在路旁，三位农家模样的中年妇女在搬沙子，她们用背篓一篓一篓地把沙背到操场中间的用作跳远的沙坑里，由于新铺了塑胶跑道，小三轮等车辆都无法进入到操场，只得用人工搬运，由于不能弄脏跑道，她们用废袋子铺了一条路，三人一前一后搬着，由于要在午休时间前搬完，他们没有时间稍作休息，渐渐地其中一位年长的妇人有些体力不支了，她佝偻着腰，步履维艰，额上的汗水不时地滴在水泥地板上，一会儿就蒸发了……

　　明与小玉拿着饭碗从这三位妇女旁边走过，"这么背下去还不得把人累死，赚这点小钱也太不容易了，这就是下等人的谋生法。"明鄙夷地撇了撇嘴。"这饭菜可真难吃，这肉也特肥了。"明与小玉惬意地坐在秋天午后的树荫下，"你也别嫌弃这肉，咱爹咱娘一月还难得闻一下肉味呢！"小玉笑嘻嘻地调侃道。"明，中间那位大妈好像是你娘呢。""不会吧，我娘在家呢。"

　　小山般的沙堆终于变成了平地，她们在路旁的树阴下坐了下来，惬意地抹了抹额上的汗水，满心欢喜地紧紧握着工头发给的十元钱。微风吹拂着年长者鬓边有些花白的头发，"十元钱，够给娃添顿肉吃，补补娃的身子，娃儿读书不容易啊。"

"咦，那不是明娃吗？"年长的妇人缓步朝明这边走了过来，她赶几十里山路来学校看娃，正好见到这份活便揽了下来。

"明娃，这是娘刚赚到的十元钱。"看到明，娘一脸的惊喜，握着钱的手还在打战，脸上晶莹的汗水在午后的阳光下熠熠生辉，明闻到了娘身上熟悉的汗味，浸了娘的汗水的十元钱软软地躺在娘的手心里。

明缓缓地伸出手去，娘递过来的那十元钱，宛如千斤……

莫 做 暗 礁

　　自习课，一男生问我怎样才能把英语学好，他是个一点儿英文基础也没有的学生。我所在的这所学校的生源多没有初中夯实的基础而直接上了高中。

　　我告诉他先找本浅显的语法书通读一遍，好让心里有个英语结构的轮廓，然后学四十八个音标，会拼读后，去重新学初一至初三的课程，把词组、短语、句型整理在笔记上，脚踏实地地去记去背，想不通的地方随时问我。我又问他初中都干吗去了，他答因为初中英语老师总是鄙视他，他很讨厌那个老师，所以不学了，现在很后悔。我赶紧对他说："你心里要对自己有个正确的评价，万不可因为别人对你的看法而有所改变，他的看法只是他的事。""我现在学，怕赶不上，我总是学不好。""但凡做每件事之前，你先要抱着'我能行'的想法认真地去做，会行的；你如先抱着'我不行'的念头，结果你就真的不行，先做了再说吧。"他很高兴，也有所触动。我赶紧趁热打铁，教了他四十八个音标。我想过不了几天，碰到困难他又会泄气的，我能激励他一时算一时吧。学生是那自行车轮胎，我就做那打气筒吧。

　　教书育人，我们把教书排在了前边，实际操作中，我们更多的精力放在了知识的传授上；殊不知育人更比教书重要得多。我们要培育的是一颗颗心灵，这十五六岁的少年，正是花骨朵的年龄，没有航行的经验，不知如何避开成长中的暗礁。

譬如上文中的那位初中老师的鄙视就是暗礁，那种鄙视放在成年人的身上，自是如鸿毛般轻飘，不必予以理会的。可学生的心灵是柔嫩的，防御能力是有限的，这样的鄙视于他已是泰山压顶无法承受了。这样的鄙视荒了他三年的学业。

从这一事例中我们可以看到，一方面我们教师的素质有待提高，另一方面，我们学生的心灵过于脆弱，承受挫折的能力极其有限，一有风吹草动便不堪一击了。而呵护学生的心灵，培育学生一种健康的心态，关注学生心灵的成长，是为师者之重责啊！

我在想，如果那时他身边有位年长的有阅历的而他又信任的朋友指点他，教他如何正确地对待这样的鄙视，如何转化它，他便能躲开这样一块暗礁的，也不至于就这样荒了他三年的学业。我多么希望我们为师者能做学生这样的朋友，而不是为了那师道尊严而人为地高高在上；也更希望这样的鄙视永远也不要来自为师者。

我曾教过的一位学生对我说："梁老师，那时我的每一点滴的进步你都给予及时的表扬和鼓励，使我有更大的动力继续前行，真的很感谢你。"听到这样的话语，我真的好欣慰，尽管我已记不得当初是如何鼓励她的了。

也曾有教过的一男生对我说："我一直记得你对我说过的话，也一直按你说的去做。你的英语我倒全忘了。"我记起那是一个早恋的男孩。我这样对他说的："不要去摘那还青涩的果子，现在摘下来不甜，那果子还要在枝头上继续长，你们现在要做的是给你们的爱情树施水浇肥，让它长得更壮大。"果真，男孩精通理科，女孩擅长文科，彼此互补得很好，后来双双上了大学。

　　为师者在学生的心目中，说话是很有分量的。我们轻轻的一声鼓励，一句赞扬，一点关爱、指点，就能在学生弱小的心灵中起着举足轻重的作用，我们该好好地担当起这分量，为人师者，责任不可谓不重啊！

　　我唯愿我能在我有生的教师生涯当中，永远不要成为任何一个学生生命成长中的暗礁，如能成为一座灯塔，照亮学生前行的路；如能做一把火把，点燃学生心中的火种，此生已足矣！

第三辑

温情·怀旧

两 间 老 屋

　　当我站在都市里我新宅的落地窗前，望向窗外五彩缤纷的夜景，才产生了真正意义上的独立感。也许房子之于我们每个人都是安身立命之所，我的这间蜗居是空白的，它还只是一个物理意义上的钢筋水泥空间。由此我想起了老家的那两间石头砌成的老屋，带着时光穿梭过的烙印，家族数代人兴衰存亡的历史凝聚在那，斑斑驳驳之间，像个垂暮之年的老者，每个皱纹里都充满了故事。

　　我所知的最初的根系是从那漫延开来的，我数度回过老屋，老屋始终是个心灵意义上的家，是生命之源，是游子魂牵之所在；是落叶要归的根……

　　最后一次陪母亲回老家，是在十多年前。到达那里时正是深夜，路很黑，街上只有依稀的灯影。母亲已在外多年，却能摸着街壁准确地回到自家的门前。

　　母亲排行老大，我时常陪着母亲四处走走，"火妹姐，更（这么）久才回来一趟，屋里头（家里人）都好没？"母亲的姐妹们说的都是乡音，见到儿时的故人，聊了些儿时旧事，各家的现况，"火妹姐，你好有福，儿女都成才，都找得到吃的，你也不用受苦了，有退休金。"言语之间，母亲对我们五兄妹颇引以为豪。看着洋溢在母亲脸上的幸福和满足，我想该早点带母亲回老家才是。她们寒暄完了，母亲自然要介绍我："这是满仔，是个高中英语老师。"在家乡人的眼中，教师是有知识的象征，自是啧啧称赞一番，我却独自汗颜，我不知含辛茹苦的母亲承担了所有的重负养大了我，在故人对我的称赞声里却是如此地心满意足，而我能回报的又有多少呢？我甚至从来就不知母亲的小名叫火妹，不知她有过怎样的童年，她又是如何度过她如玉般的少女花季呢？我记忆中的母亲总是劳累的、困苦的、疲惫的、苍老的，被生活所驱赶，奔波在异乡讨生计。这两间老屋，却见证了母亲的童年，记载了她与父亲的初识；在母亲儿时玩伴的记忆中，母亲是个聪明善解的伙伴……我在她们的记忆里，在老屋的斑驳中去探访母亲的过去……

　　记得母亲说过，修建房子时，母亲还很小，老屋都是用石头砌成，这些石头是母亲他们去很远的河边一颗颗挑回来的。由于是用石头砌起来的，老屋冬暖夏凉非常舒适。老屋的构造依地势而建，是狭长的，分有很多小间，依次是堂屋，天井，房间，厨房，猪圈，楼上隔成阁楼装粮食。当时的村民一户接一户挨着建房，因而形成了一条天然的街道，街也是用石头铺就。屋后不远处有三口大井，水势依次从第一口井流到第二，第三口井，村民们约定俗成第一口井的水饮用，第二口井的水洗菜，第三口井的水洗衣。

　　老屋的第一代居住者是外曾祖父，接着传给了外公和他的弟弟。在这期间，老屋经历了数次战乱：抗日战争时期，日本兵进驻村庄，乡人都逃进了深山，年迈的太婆行走不便，便躲进了老屋的床底下，幸好床底下有很多的南瓜，日本兵的刺刀刺在了南瓜上，太婆才逃过此劫；在山里，年幼的母亲带着小舅，与乡人一起躲避日本兵，小舅却不合时宜地哭了起来，此时日本兵正在搜山，大人们想尽种种方法都不能止住小舅的哭声，于是乡人主张捂死小舅，而聪颖的母亲把小舅带到了一掬水边，小舅玩起水来便不哭了。再后来，村里又发生了瘟疫，外婆正是年轻力壮的时候，村里死了人，总是外婆去料理，去处理后事，她却总不会被传染，外婆那个时候是无法有半点私心的，所幸老天还算垂幸吧。

母亲每每谈起这些往事，便说老天在控制人口，人过多了，便以战争，疾病，灾荒，地震等来带走过多的人口。也许是母亲经历多了，便有了她自己最为朴素的总结。母亲时常说出些我在辩证唯物主义理论上看到的道理，她却从来没有看过那些书。在这多难的人世间，母亲始终是坚韧的，以她所特有的韧劲，扛过了那些苦难。

母亲十六岁就勇敢地冲出了家，为了逃婚参加了革命工作，跟随父亲奔波在异乡，五六十年代时，生性耿直、缺乏变通的父亲被打成"右"派，革除公职，这"右"派一当便是二十年。那时正是饥荒年月，又是老屋和乡亲收留了我们。我是在九岁时随母亲一起回到老屋的，那时还是外婆当家，外公已去世了。记得母亲曾多次说过，在我们全家搬迁回来时，母亲是带着二哥先回来办我们全家人的落户。老家的乡亲及生产队长毫不犹豫地在迁入户口那一栏上盖上了小队的公章，我们因而在难中有了一处庇护所。

在老屋里，年少却懂事的二哥吃着香喷喷的鸡棒腿时，流下泪来："我在这有鸡棒腿吃，姐、哥、弟、妹在那边却吃不到，我要留给他们。"小姨及外婆赶紧安慰二哥说："还有很多鸡棒腿，给他们留着呢。你先吃了吧。"每回母亲说到这的时候，总要提起袖子拭泪。苦难在母亲的记忆里烙印太深，以至于眼前的好日子总让母亲如在梦中。

在老家务农的那段日子里，南征北战、粗通文墨的父亲却疏于农事，作为家庭顶梁柱的父亲在生产队及乡亲们的宽容下做了小队会计。在那时，女人出工的工分只能算男人的一半。母亲纵使如何辛劳，仍填补不了家里的亏空与五张嗷嗷待哺的嘴，筹了上顿愁下顿。大姐正是要升高中的年纪，每每上学之前，先要把田里的农活儿干了，甚是聪颖的大姐为了四个弟妹，过早地与父母一起挑起了家庭的重担。尽管姐姐在后来的日子里坚持学习，参加考干成了一名干部，却仍与她的理想相去甚远了。

那样的艰难岁月仍然如梦魇般在母亲的记忆中闪现。在那一场波及全中国的浩劫中，母亲那一辈人以他们独有的韧劲扛过了那场苦难。直到现在，我都还珍藏着母亲亲手织就的蚊帐、被褥；一针一线，从棉花一直到成品，都是母亲亲自动手做成，我们五个子女身上的粗布衣、布鞋，也都是母亲的巧手变出来的。

母亲那一辈人如同老屋，女人在那种罕见的艰难中，以女性特有的韧来对抗着这种种艰难和困苦，以包容的心包容着苦难，在苦难中一点一点地坚持，在茫茫的黑暗中仍然坚持着一缕光明，母亲的希望便是我们五兄妹。在筹了上顿愁下顿的景况中，她除了无奈地牺牲了聪颖的大姐，硬是让我们四个都读上了书。在当时那个吃不饱穿不暖的年代，母亲执拗地认为读书才是我们唯一的出路。后来母亲又被乡亲们照顾着进入了生产队的食堂，得以有些粗食安顿我们五张嗷嗷待哺的嘴。母亲的坚强，体现在无论如何困苦的条件下，她都坚持让我们把书读下去。

在那两间老屋，在荧荧的煤油灯下，齐聚着我们四个做功课的小脑袋，这是困苦时期苦苦坚持着的母亲的全部希望。母亲也在那荧荧的煤油灯下，纺纱、织布、缝补……嗡嗡的纺纱声，沙沙的写字声，及关在老屋外呼呼的风声——这幅画面在我童年的记忆里虽艰辛却是那样温馨持久……

后来我们五个也如母亲所愿地各有了一点儿小出息，没有沦落到更悲惨的境地，这时的母亲是心满意足的。也许对比于她经历过的那个物质极度匮乏的年代，母亲对于幸福的期望是不会太高的。儿女能平安，衣食能无忧，儿女勤奋工作，家庭生活美满，这已是母亲最大的奢求了。

在老屋生活了几年，父亲平反了，我们举家迁到了外地。老屋从此就只在记忆里，在履历表上籍贯里填的那两个汉字里了。

母亲在我的记忆里一直都是坚强的，在无论如何艰辛的岁月中亦苦苦坚守，从未见她垮下。积劳成疾的母亲在病中苦苦坚持了很多时日，终于耐不住病魔……

再回老屋时，母亲已去世多年，年迈的外婆尚在，她总在堂屋剥花生，神情安静，她已经分不清我是她的第几个孙了。记忆里外婆，总是大嗓门响彻在整条街上，精神镬铄，神情开朗，硬朗的腰板，从不见她有停歇的时候……

当被问及母亲时，便说："妈身体不好坐不得车，要不她就回来看你了。""嫩子（怎么）她总是没回来，也没晓得我几想（很想）她。"我便别过脸去，怕外婆见到我脸上的泪，而我也已无语。"我怕她是走了，也没见打个电话回，连她声音都听不到。"

再过了些时日，回老家去奔丧，94岁的外婆也随母亲去了。老屋依旧还在，两个舅舅各住一间，大舅子嗣颇多，表侄表甥我都认不完，小辈们无忧无虑地在老屋里长大……

　　老屋是包容的，它庇护着住在里边的妻儿老小；它波澜不惊，它本身就是一部历史，老屋已过百年，它历经沧海桑田、白云苍狗的变幻，风雨袭来时它沉静不语；它虽残缺破旧，斑斑驳驳，却始终是我们数代人的心灵庇护所，是我们共同的家园……

一朵带叶的玉兰

我的手心托着一朵已枯萎的带叶的玉兰，它淡雅的芳香早已随风散尽，每当看到它，我便想起母亲。

那天，我好不容易才挤上车来，三伏天气，车内很热，也很拥挤，母亲来到车窗前。说过不让她来送我的，但她总是不放心。女儿在乡下，挺苦的，她这样想着。我望着她微偻而略显肥胖的身影，只觉得眼底湿润，有一种莫名的东西拼命地想涌出来。车要开了，我把头伸出窗外，再次冲母亲使劲儿地叫着："妈妈"，母亲搜寻的目光定格在我身上，惊喜地叫了声："小妹"，奇迹般地递给我一朵带叶的玉兰，翠绿的叶子衬着一朵洁白的玉兰，一阵淡雅的清香袭来。一路上，这玉兰的花香时不时袭来，引起我心潮一阵阵涌动，而我眼底里拼命想抑制住的东西终于顺着脸颊滚了下来。母亲会孩童般地认为这朵带叶的玉兰能为她最小的女儿驱去一些汽油的味道，减少些她女儿的痛苦……

我们同在这泥泞的人生道路上跋涉，母亲走在老远老远的前头，风吹动她半白的花发，不可倒逆的岁月在她脸上刻下了沧桑，她回头看着我跟跄的脚步，很为我担心，羸弱的母亲放心不下她刚涉世的女儿——一只翅膀尚未长硬而又要独自去迎接风雨的小鸟。我们相互搀扶着走在这人生道路上。母亲已经太累，她

112

已经劳累了一生，搀扶着我已太费心力。我该坚强起来，拿出勇气独自面对我自己的生活。

我多么希望能卸下母亲肩头沉重的负担，让母亲佝偻的腰身再次挺拔；多么希望母亲能抛开满怀的忧虑，开开心心地笑；多么希望岁月能逆转，让母亲重新拥有青春光洁的面容，还她一头如瀑的黑发……

母爱是一眼汩汩不息的源泉，取之不尽，用之不竭；我就是饮着这眼汩汩不息的爱泉长大的，从茫然不觉直至懂事，才知这不息的爱泉后隐藏着的人世艰辛和苦涩，而在这一过程中，母亲不知又给了我多少朵这样的玉兰……

犹恐相逢在梦中

一

那是一片向阳的山坡，还有一大片很平坦的草地，绿草青青，阳光亦很明媚，灿烂的阳光照着，母亲的脸很饱满，笑容满面……

我饱饱地看足了母亲的脸，母亲的脸健康，慈祥，充满着爱……

可我心里的感伤却没来由地在这春光明媚的日子突袭而来，"妈妈，你为什么生我这么迟呀，害得我伴你的时间不多，哪一天你不在了，让我再怎么想你呢?""妈这不是好好的吗? 你想那个干吗呢。"

可我仍然抱着母亲想哭，我想痛痛快快地在母亲怀里流一场思念她的泪，我心里一直有种深深的惧怕，每次相聚总让我犹如梦中之感，哪怕眼前春色是如此的好……

我们是经过了一个长长的很陡的坡才来到这块开阔地的，我老担心那个长长的陡坡母亲要怎样才能过得来；这片开阔地的四周亦是深深的悬崖了，这也是我担心妈妈的缘故之一。

我死死地守着母亲，伙伴们，哥姐们都开心地四处去玩了，可我却只想就这样陪着母亲坐在煦暖的春日阳光里。

"小妹，开心点吧，妈做好吃的东西给你吃，你最想吃什么呢？"

"妈，我最想吃你煎的面饼。面饼怎么做呢？"

"那咱们先得去买鸡蛋和面粉，把它们和在一起才能做面饼的。"

二

我又见到母亲了，仍是瘦瘦弱弱的样子，静静地躺在床上，似乎连抬抬眼皮的力气也没有了。

母亲病中始终戴着耳套，耳套连接着三个哥哥的电话，病中的母亲每时每刻都要听到儿子的声响、动静，这是一颗母亲的心。

"妈，你看你多年轻，脸上的皮肤很光洁，一点儿皱纹也没有，妈，你要活得好好的，长命百岁。"母亲仍是瘦弱得像是一阵风就会被吹跑似的。每次大病初愈，母亲最渴望的就是能痛痛快快地洗一回热水澡，病中的母亲柔弱而无助，帮病中的母亲洗澡像是帮婴儿洗澡，仍记得那次帮母亲洗完澡后，母亲容光焕发的样子。

母亲挣扎着能站起来了，我赶紧端上刚炖好的骨头汤，看着母亲喝……

洗完澡后的母亲坐在斑驳光影里的藤椅上，我希望阳光能再暖和些，而风不要太大，有一丝轻柔的风送来的是田野清新的气息，这样，母亲就可半闭着眼睛舒服地享受这午后的阳光了……

三

妈曾住过的那个家，门前树已长出嫩叶，我一个人从那儿走过，满街都是灯火，我是从屋子的对面街走过的，不敢驻足。只觉人与人之间的相聚皆有一定的定数，哪怕是与你最亲的人。相聚的日子完了，分离便已成定局，这样的定局让我产生苍凉的感觉，闪回的只能是无数的永远也忘不掉的回忆……这些回忆组成了我过去的日子，有的人不会再来到我的今天了，他们只能在回忆里伴着我。

似乎在那个楼梯的拐角处，那条路旁还有母亲转身望我的身影，还有那个旧车站许多次与母亲的送别，多是她送我。旧屋，我不敢回了，母亲坐过的椅子、睡过的床，还有母亲为我开门时的神情……关于家的记忆全是围绕着母亲的，我无法想象一个没有母亲的家是什么样子的。所幸，母亲仍在我的记忆里，没有远离。

于是，我听见了时光无情地划过脸庞，刺进肌肤的声音……

四

"但余平生物，满目情凄尔。"

在梦里，我是饱饱地看足了母亲的脸的，我已不见她有十年了。在梦里的这场对话对于母亲还健在的人来说稀疏平常，可对于我得要有十足的机缘才能得以在梦中与母亲相逢，而每每遇到母亲，亦总是在我最脆弱无助的时候。在梦里，我仍可为母亲理一理鬓边的白发；只有在梦里，我才能为母亲尽些力了，在母亲坟前燃三炷香，袅袅的香烟捎去孩儿的问候，慰藉母亲在另一个世界的孤单与荒凉……

山中坟茔中母亲的那副白骨依然在牵挂尘世中的孩儿，乘着梦的翅膀，母亲便栩栩如生地来到眼前……

五

正是春天，枫树刚长出的叶儿很绿，很新，墓园宁静。有的人家把自家先人的墓园弄成小院的样子，把墓碑做成了小院的门的样子，很惬意，仿佛我们走后，那些亡灵就出来了，可以坐在小院前树下的石桌椅旁下盘棋似的。母亲也可来串门儿，愿母亲来串门儿时，脚步是轻快的，不是蹒跚的……

"今宵剩把银釭照，犹恐相逢在梦中。"

云　翳

一

我知道，生命中有一种痛是永远的，一直到你生命的终结。

二

爸爸在世时叫我为他做的最后一件事是去帮他买两包牙签，一包一毛钱。四天后，再见到爸爸时，他已经走了……

整理爸爸的遗物时，那两包牙签赫然地摆在抽屉里，冰冷无语。

从此，我就害怕牙签，看到牙签我就会泪流满面……

生命从此只属于昨天的故事。

三

爸爸留在了昨日，"但有音容留梦里，再无杯酒笑灯前。"在昨日，我的生命里有很单纯的快乐；在昨日，我是爸爸生命中很简单的"小丫头"；在昨日；我不知道生命里什么叫失去……

一个人的时候，我喜欢看云。

我极其相信生命中有一种东西我永远也无法弄懂。

云的漂泊无依，聚散不定，没有什么能留得住云……

四

日历在一成不变地往前翻着，爸爸却停留在了属于他的那个日子，属于我的日子还在不停地流逝。而天边的云还在永远地变幻，依然来去无由，迷离缥缈……

五

我们千里迢迢送爸爸回到他魂牵梦绕的故土，与爷爷为伴在青山秀水旁。我依偎在奶奶的身边，奶奶七十多岁了，见我不停地流着泪，就操着湖南乡音说："娃崽，莫哭了，莫欠起（想念）爸了，爸总是要走的了。"奶奶很平静，我知道那平静里蕴含的悲痛更甚于我年少的泪里的哀伤……

只是奶奶从此每天早晨都会拿起佛珠念佛，那闭着眼虔诚安静的神态，那头上缕缕的雪霜及那皱纹里的慈祥与爱，都令我感动。

我于是到阳台上去看都市里的云，云很低很沉，它不再轻灵，飘逸，它厚重得要把你压住……

就像爸爸厚厚沉沉的一生。

六

鼻翼不自觉地歙动，我知道那是故乡特有的味道：那呛鼻的辣味，那打开坛盖子的霉豆腐的浓香，都埋在了我臭豆腐味的童年里。这是爸爸骨子底里执拗地要留给我的东西。爸爸十六岁就参军离开了故乡，后来带着我们在颠簸的世间一直过着异乡人的日子。故土离我们多多少少都有些远了，淡了。只是在每年年前，在那家乡洞庭湖鱼干的熏香味里，多少忆起点故乡。

而爸爸，他用这样的方式表白了他难离的故土情，他带着我们这样来追溯生命的昨天……

我从不去想云的来去。记得小时候有一次看云，那朵极绚烂的云终于消失在天际时，我着急地问："爸，那朵好看的云不见了，好可惜。"爸爸回答："云你是看不完的，那朵云并不是不见了，它只是换了形状，其实还是那朵云。"

七

以前，喜欢看云，是因为它无穷的变化。那时我还属于爱做梦的年纪，白云苍狗，沧海桑田也罢，还未能在我稚嫩的心上打下沉重的烙印。

看云的时候，想起爸爸，知道爸爸还在自己的身边。只是生命中多了一层生与死界着的冰凉；岁月无声，再看云的时候，就只是匆匆地瞥一眼，不再留意了……

八

"居富贵多少奔征，

叹人生，

须知一枕北窗凉。"

迎风飘零的白色经幡下，爸爸厚厚沉沉的一生就那样静静地装在了那小小的盒子里。想起爸爸曾说过的那朵云，我知道云还是那朵云，只是我的那片天空里，月亮从此不会再圆……

九

看云的日子，从此离我远去。

云在光阴里穿梭，光阴在云中流逝。

白色的芦花，远处寒鸦点点，映着如血的残阳。遥遥的风起处，云在说……

风止时，云不语。

湘　音

　　"qià（吃）饭罗。"我与姐、侄子涛、甥女娇一起摆菜上桌，相互谈笑间用的都是父亲独有的东西南北腔的湘音。这是我们的一种快乐的语言，我们用湘音说话时，多半总是快乐的。

　　许是自小就跟父亲走南闯北，多处迁徙的缘故，我对各地方言的兴趣日趋浓厚。我在岳阳小湄出生，九岁时随父亲来到广西后，除了湘音，我能说一口流利的桂柳话，还有壮语，会几句瑶话，又会说些广西式的粤语，后来专攻英文，二外学的又是日语。读书时期我的好友讲的是客家话，我又跟着学了些。后来随着交往面的扩大，我的朋友中又多了讲北京话，四川话，闽南话，东北话的，每每听到这些熟悉的方言，仿佛就像见到他们一样。家人中数我会的语言最多，多半时我就做大人们的翻译。我可以在几种方言间自如地转换，而父亲走南闯北多年仍是湘音未改，只是湘音中夹杂了些东西南北腔，形成了他独有的特色。

　　父亲的湘音，让我时时想起有一个地方叫故乡，它填在履历表上籍贯那一栏里，那里有人记得你二十年前的模样；父亲的湘音也时时提醒我们异乡人的身份，湘音里透着游子漂泊的痕迹。以我们现在的养尊处优的处境来看，无法想象当初父亲只是一个十六岁的满口湘音的少年，是怎样背井离乡行走在异乡的风雨途中，父亲耿直而缺乏变通的个性让他尝够了颠沛流离的滋味，我不知父亲的故土情怀是何等深厚，故园何以有如此大的牵引力？而每年七、八月间，长江定期泛滥，总牵扯着父亲对故乡的那根极为敏感的神经……

那浅浅淡淡的乡愁，那隐隐约约的故园情结，始终藏在每个游子的心底，故乡的痕迹在一把与我同龄的椅子上，在记忆中一顿困苦时期的红苕饭内，在一张艰难岁月中母亲亲手织就的蚊帐里……那一方水土，也在我这张湘妹子圆而丰满的脸上，白里透红的肤色里。原来，乡愁有着如此多的形式……

我的故乡，本是鱼米之乡，在我的记忆里，却是如此困苦和艰辛；关于故乡的回忆都是七十年代的旧事。那块湘楚文化浓郁的故土，有着我先祖耕作过的痕迹，《汤氏家史》墓志铭上记着：

"铁山锁江，湖水泱泱。望家乡兮近咫尺，观水月兮思故乡。陡峰兮嵯峨，湄浦兮苍茫。晴岚滴翠兮飞彩云，山水秀丽兮汇风光。聚乡亲兮怀故旧。看故晖兮恋夕阳。百代兮过客，乐土兮永藏。"——那古韵悠悠的楚辞湘音，流淌在我命定的血脉里，纵使我在他乡，"当时明月在，曾照彩云归"，故园的明月始终圆在游子的心房。也许只是异乡人故园之梦难圆的神话，寻寻觅觅之间，确有几分难平之意，恰似舒曼《童年即景》中的一阙轻梦，满是天涯情味，越去越远越牵挂……

湘音就是乡情，也是乡愁，更是游子梦中被拨动的那丝心弦。故乡的山、水、人、情构成了故乡永恒的画卷，在游子的脑海里不息地播放……

每一种我熟悉的方言里都有着我的至爱亲朋，最终只有湘音能勾起我的乡愁，引起我关于儿时故乡的种种回忆与怀想，而父亲的身影总在湘音里闪现……

留住湘音，也许是我们怀念父亲的最好方式了。

记忆里的事

　　静下来，剪指甲的时候，我突然回想起小时候父亲帮我剪指甲的情形：小心翼翼地怕弄疼了我。多久已经不做女儿了，记忆里的这份父女温情让我回到小时候的心态当中，被人如此地疼爱着，做父亲的孩子的感觉是多么幸福啊！

　　我想起了好多做女儿时候的事，女儿对于父亲来说，是拥有很多特权的。女儿的前世是爱着父亲的一名女子，只因前世无缘，今生便来投胎，厮守于他的怀中，更何况我又是满儿。

　　我天生得这份娇宠，我出生时父亲已是中年，小儿绕膝，出生的年代也正是父亲最困苦的时期。我想小时候有着圆圆脸而又活泼聪明的自己多少会给过父亲不少的天伦之乐吧。至于成年之后，自己这份倔强不容于世的个性虽没少让他操心，可多多少少作为童年的自己在大人的记忆里是可爱的。

　　那时在乡下看电影是童年的我最盼望的事。依稀还能记得一些看过的影片，《天仙配》《梁祝》《红楼梦》等，散场后，总是骑在父亲的脖子上，打着手电筒快乐地回家的情形。还记得自己钻树林子沾了毛毛虫子粉全身过敏，父亲为我擦药的样子；与父亲睡同一个被窝，听他讲家族几代人相传下来的故事。我现在回想为什么我的内心深处总有一处童心未泯，我想多半是由于得父亲娇宠的缘故。

　　父亲对我的管教现在回想起来似乎是失败的。他每每在我与小伙伴玩得正欢时，便叫我去扫地，我极不情愿而去，拿起扫帚写大字般在地上划几下子，便又跑去与小伙伴们玩得欢了。这似乎是湖南的一种风俗，地是要常扫的，土屋的地上几乎不见有尘埃。可父亲总能在床底下或哪的旮旯里找到星星点点的垃圾，于是，又气冲冲地跑来扭着我的耳朵拉我再扫一遍，"做事情要认认真真，不要敷衍塞责。"如今耳朵里仍是他的湘音。可我到底没能纠正得过我的天性，依然是不能事事都做得认真，多半时对自己甚感无趣的东西还是草草了事，只对自己真正想做的事精益求精。

　　总之，父亲对我的管教没有哪项是能起作用的，我更多的是像野草，该怎么长还是怎么长，很多方面我很迟钝，父亲到底没能把我塑造成他想要的玉，我只能算是一块顽石，被大哥形容成又臭又硬。

　　不再做父亲的女儿了，真正地一个人独立于尘世时，才知道自己这样的个性是家里一直在宽容的结果。天不怕地不怕，是因为身后还有一个称作家的东西撑着。可以避风挡雨，打不赢可以随时撤退，那个家或多或少是心里的一处依撑。如今在柴米油盐里的自己，回想起做父母的女儿时的不食人间烟火样，便甚是惭愧。

　　"世间好物不坚牢，彩云易散琉璃脆。"那个与父母在一起的寓所，我无比清醒地意识到，只是旅途上的一个客栈而已，没有了他们，家在哪呀，我不知道，我只剩下这些记忆里的事……

花衣情结

  在我的衣橱里，挂着我特别钟情的各种小碎花的裙子、衬衫，它们都是纯棉的质地，在我的潜意识当中，纯棉的质地给我的感觉是那样温软、柔和、亲切，更多时候，它代表着我与家人共同走过的岁月的一种回忆。

  我保存着一张我小时候的相片，那是1978年照的，背景是岳阳楼。之所以念念不忘，是因为照片上的小姑娘是头一次穿上了真正意义上属于她的第一件花布衣，小姑娘因而也得了这么一个绰号——"洋布筋"，在湖南话里边，这绰号是稍带一点贬义的，特指那些没钱过上好生活，仍然极力显摆、爱美来撑面子的人，我想爷爷给我起了这么一个绰号，主要也是由于这件花布衬衫的缘故。

  那是一九七八年以前，爸爸被打成了"右"派，回到湖南岳阳小湄务农，我是在那出生的，我有三个哥哥一个姐姐，对于那段岁月的记忆，最为深刻的就是我从来没有过一件专属于我的衣服。一件衣服，我是第五个穿它的人，如果到我穿了还显短的衣服就没办法再往下传了，多是在下摆处再加一截。裤子多半在膝盖处，屁股处打了圆圆的补丁的，而现在关于补丁，人们怕是已忘了这个词了。身上穿的衣服从摘棉花，纺纱，织布，再用针线手工缝制，一条龙地从生产到成品，全是母亲一人操劳的。这种土布衣，母亲图省事，多是白色，有时，也会染成蓝色，蓝色的衣服是给哥哥们穿的。但无论如何，手巧的母亲无法染出漂亮的花布来，尽管小小的自己不知什么事儿，但仍是祈盼着穿上一件漂亮的花衣服。属于一个小女孩最为朴素的一个愿望在那个年代却是一种奢求。于是，爷爷在我们举家南迁的那一年，带上我们去岳阳楼照了这张相，作为久离别、长相思的一个寄托。在那个物质极度匮乏的年代，一切要凭票供应，最小的我独得了这份恩宠，爷爷用仅有的三尺布票，买了布，为我缝制了这件花衣。

一九七八年三中全会以后，父亲得到了平反，举家南迁来到了田林，父亲恢复了工作，在粮食部门任职，全家的生活逐渐好转，不再是吃了上顿筹下顿，而是略有节余了，但依然只能是保持温饱而已。一九八二年，十六岁的姐姐为了分担家里的重担过早地参加了工作，在供销社做售货员。我们四人读书的费用在当时仍是个不菲的开支，姐姐每个月工资为三十元，上缴给母亲二十五元，肤色白皙、漂亮的姐姐正是风华正茂的年纪，省吃俭用独自存下一笔"私房钱"，为自己购置了一件荷叶领白底小碎花的的确良衬衫，在当时，这件衬衫一度引领了当地的时装潮流，使得正是青春花季的姐姐感觉像是公主，而约会中的姐姐穿着这件花衣在我印象中美轮美奂，那时尚在读小学的我看中了姐姐的这件新花衣，便借口登台表演借来这款花衣过了一把瘾，却再也不想归还了，哭着闹着据为己有。姐姐也只好忍痛割爱，让我圆了第二回花衣梦。

后来，一九九〇年我也参加了工作，月工资一百一十一元，那时市面上有了很多质地的布料：的确良、雪纺纱、涤纶、加了莱卡的纯棉，它们或轻柔如纱，或温良质朴，加了莱卡的纯棉不会皱，而雪纺纱的轻灵飘逸很能衬出妙龄女子曼妙的身姿。年过三十仍然爱美的姐姐笑着要我偿还她一件青春期的花衣，我又如何还得起呢？

我们家的生活随着时代，随着改革开放的步伐一步一步地好起来了，但人对于苦难的记忆更为深刻，后来有过无数件小碎花的衣服，却在回忆中想不起来了，但对小碎花衣服的情怀却留了下来，总情不自禁地为自己购置碎花衣裳，算是对自己童年的弥补吧。

小小的碎花，纯棉的质地，温软，柔和，亲切，带着往昔岁月的温情，透着母亲和亲人的拳拳之爱，融进了我生命深处……

垃圾车上的爱

大年二十九，想去感受一下年的热闹与喜庆，我慢悠悠地走在街上，东瞧瞧，西望望，只见街上满树挂着大红灯笼，熙熙攘攘置办年货的人们脸上洋溢着的全是年的喜庆，中国老百姓过年图的就是个喜庆与全家团圆的高兴劲儿。

街上环卫站的阿姨仍然还在维持着街的洁净，她们鲜艳的橙色制服像一团火，为这普天同庆的节日增添了一份耀眼的亮丽。我走过她堆满垃圾的垃圾车旁，不期然却发现了一个五、六岁左右的孩子，躺在垃圾车的一角，这一角是用硬纸板隔开的一个小小的区域，孩子靠在垃圾车边沿上，正熟睡着呢。

我再往垃圾车旁望去，一位中年妇女正从街旁的垃圾箱里取出垃圾轻轻堆放到垃圾车上，我看了看她那双手，因经年的劳作而骨节突起，皮肤皲裂，但她动作很轻柔，时不时地看看熟睡的孩子，其实垃圾车边沿很高，熟睡的孩子并不会滚落下来的。

想必她一定很无奈，既要扫街又要带着孩子，而孩子疲够之后偏又要打瞌睡了，她只好把孩子放在垃圾车里。孩子的衣服已被他玩得很脏，他睡得可真是香啊。即使是在这污秽的垃圾车上，母亲关注的目光一刻也未曾离开过。我从他们身边轻轻走过，不敢打扰这对母子，只觉得眼底湿湿的。

也许这孩子长大之后，会记得有过这么一个垃圾车上的童年，他也许也记得那些垃圾的污秽离他是那么近，但是他一定也更懂得即使是在垃圾车上，爱一点儿也不会少。

发　小

　　与廖是发小，高中时两人只骑一辆单车，那时我技术不大行，多是她驮着我。两人好的程度很深，以至于两家人都把对方当成了自家的女儿。那时衣服也是换着穿的，一同上学，一同苦恼，一同为不可知的将来忧心。

　　那时我的心思更为敏感且脆弱些，也不大合群，总小心翼翼保护着自己那点可怜的自尊心，而廖显然更为大方，她就成为了我与外界保持联系的一个通道。廖的大方体现在无论她吃什么好吃的，一定要有我的一份，而那时的我敏感且自卑，总不愿受她的好处。记得有一回，她买了个大面包，啪地一撕，扯了大半递给我，我正是肚子饿得发慌的时候，却硬撑着说自己不喜欢吃。她一气，啪的一声，那大半边面包丢在了地上。从此，我就再没拒绝过她在我饥肠辘辘时递过来的好吃的东西。

　　后来，毕业工作后，她很快就嫁了人。而我还一直一个人漂，慢慢感觉即使是发小，进入了围城内的女人眼中也就再没我了，既然她的真骑士已出现，我当她假骑士的年代也已结束，于是，各自退隐到了各自的江湖。长时间不再有什么联系了。而她在这段时间经历了女人一生要走的路：结婚，生孩子，带孩子，伺候公婆等都是她独自经历，我再没与她分享这一路的

131

感受了。

我仍然如往地过着单身生活，因而生活也不大有多大变化，很多结了婚的朋友也就很少联系了。这是女人友情的一段空窗期。我的朋友圈子全是比我小好几岁的，及至这一批朋友结婚了，我又结交了一批年龄比我小七八岁的朋友。到这一批朋友也结了婚之后，我发现我的朋友变得青黄不接了。不再能交到更年轻的朋友了，感觉有了代沟。

这时候，原来的发小也已度过了最忙碌时期，转回头来，又重拾起以前的友谊，发现大家也还是没变的，只是各自的忙碌忽略了彼此。廖的孩子离家读高中，她在承受一段空巢期，女人在这时又可以活回原来的自己了。本来女人与女人之间，有些事也只有女人之间才懂的，于是，发小的友谊又成为彼此生命中较为重要的一部分了。

我依然还是以前的样子，较为自我，我行我素；而经过了一路婚姻生活的廖，为人妻为人母之后的她，变得更为珠圆玉润，更有女人味，也更善解人意。如果姑娘时期，我作为假骑士以保护她为荣，那现在，她对我就有了一种类似于母亲似的牵挂。这样的牵挂体现得很细，细得润物无声，她是最为懂我的，懂倔强外表下我的无比脆弱，同时又懂我不谙世事下的一派天真。有一年，我受了很重的伤，老想去阳光灿烂的拉萨去疗伤，而廖却很为我一人独行而担着忧，学医的她知道在高原独自一人的凶险，于是，不知她如何七拐八弯地为我找到一位上校军医到机场接应我。吃了军医送的高原安之后，那要命的高原反应竟没来造访，多亏了这位军医朋友，我在高原的这一路平安无事。同时，在那片雪域高原上，明灿的阳光里，我的心也已愈合。

　　而这时，发小的友谊已变得比金子还宝贵；同作为女人，我们一同分享女人成长中一路的艰辛，一些男人无法理解的女人的痛，发小变成了一剂最慰藉的创可贴，总贴在失意时最为痛楚的伤口上，那份妥帖与懂得，竟是即使是处在爱情里的男人也无法做到的。有时，我们无法在男人那里获得温情与懂得，却能在彼此喋喋不休的倾诉中，变得神清气爽，一个说，一个便听，听的再安慰一下说的，女人在发小的友情里便不再孤独。

老　物

　　我是个极为恋旧的人，家里的布置风格也是破破烂烂的，坛坛罐罐，花花草草间，摆放着些老物，有一把上世纪七十年代湖南风格的椅子，椅子背面还刻着我的名字，这种样子的椅子在电视剧《毛氏三兄弟》中作为道具，一看就知道是湖南特产，特定时期里的特定产物。而我的这一把，代表了我们一家人在湖南度过的那段艰难岁月，属于家族古董了吧。

　　时间催人老，其实物也一样，染了光阴的老绿，渐渐也有了些老的风骨，愈是年代久远的物什，当你凝望它时，那种光阴的陈味扑鼻而来，你无语，只能听任它裹挟着时光击中你情感的最为薄弱之处，在伤感中无力挣扎……

　　母亲有一本巴掌大的小笔记本，是一本老物，母亲的东西总是放得很凌乱，每回放假回家，我总是忍不住把母亲凌乱的东西归整齐，却每每招来母亲的抱怨，"整什么整呀，我的东西都找不见了。"可是母亲这本小笔记本，却总是记得的。上面记载了我们五个兄弟姐妹的生辰，精准到小时，我是上午九点出生的，要算八字也是可算出来的。最迟推算从五十年代起，母亲就有了这本笔记本。历经多次搬家，这本小本子一直随着母亲。

母亲去世后，我还来不及清理母亲的遗物，已被哥哥们残风扫落叶般清理一空，我只抢救下母亲盖过的一床被子，还有一块母亲用过的能报时的电子表，母亲的衣物也没留下，我记得曾给母亲买过一件格子的呢子大衣和一件真丝小碎花衬衫，这是母亲第一件真丝衣服，只是母亲总舍不得穿，后来母亲病了全身消瘦，这件真丝衬衫穿在母亲身上，就显得很空荡。母亲尽管很舍不得穿这件衬衫，但每穿一次总会在她那群老姐妹中炫耀："这是我小妹买的。"

小哥继承了母亲空空的柜子。如今小哥搬了新房，我顺理成章地继承了母亲的柜子，放在我的一个房间里，这件老物总算是有了永久的留宿地。在我有生之年，我不会再让它奔波了，它也再经不起拆了装，装了拆的折腾了。

自从这个柜子放到我的房间后，我就做了个梦：卧室里没开灯，我摸索着进入卧室，忽然有人拍了拍我的手臂，"小妹。"喊着我的乳名，是母亲的声音，是那样真切，我迷糊中清楚地记得，母亲不是死了吗，难道我能感知死去的人？真不像是梦，是不是亡灵能以某种神秘的方式回归呢？我没有害怕，没有母亲的世界遥远荒凉，寸草不生。母亲即是亡灵，也是温暖的。母亲无数次地打开过柜门，喜悦地一次次地向我展示她的宝物，她的一对金黄色的龙杯，她的老年人女扮男装的古装照，她的一对绿玉手镯，尽管不知道真假，可是母亲高兴呀，母亲的意义是心的归处，没有了母亲，我永在漂泊，直至那一天与母亲同归一处。

"树欲静而风不止，子欲养而亲不待。"当我人至中年，无数次地苟且于生活，亲身经历了活着的不易，将心比心地推算母亲在我这个年纪她所承受过的一切艰辛，总是替母亲心痛，她在世时我还体会不到她所体验的伤痛。

　　母亲去了，我睡觉一直要抱着她在 1988 年为我置办的枕头，母亲亲手为我缝制了这个枕头，枕芯也是母亲买来木棉花填充的。1988 年是我第二次离开家去读书，母亲为我置办了这套被子，枕头，为子女置办远行的行当，在母亲所做的事情中极为平常。而如今，我必要抱着这个枕头才能睡得着，睡得安。

　　虽说物总比人久长，然而我身边的老物仍愈来愈少了，颠沛流离的生活让你来不及回顾，光阴拽着你我奔向前方，但总有那么一些时刻，心沉静下来，在这些浸染了时光与爱的老物面前，老物妥帖，温暖，借着这些老物，恋着旧时光里的那些人，尽管再也回不到曾经的日子，那些曾经的温馨，那些浸染着爱的日子，都化为无形的回忆，伴随我左右。

记忆中的白糖饼

如今市面上再也找不到白糖饼了，那个年代里的记忆却仍在，不知是它的味道赶不上如今孩子们所吃的麦当劳呢，还是它朴实古拙的外表不会再引起当今孩子们的注意。然而这只值五分钱的白糖饼却一直牢牢地占据着我童年及少年时期的记忆，成为了那个年代的一个标志性风物。

与好友苏爬山散步时，不知不觉地就谈到了五分钱一个的白糖饼。苏的父亲是一名乡干部，在苏小时候的记忆中，白糖饼无疑是童年里最可口的美味了。然而能吃到白糖饼的时候并不多，只有在父亲上山打火时，乡府才发给每人二十个白糖饼。苏的父亲总是舍不得吃，总是把白糖饼留给孩子。苏与她的表姐就约定每人每天只吃一个白糖饼，这样可以一直吃十天，两个小伙伴算好了能吃到哪一天。嘴馋的表姐忍不住便一天吃了两个，不到约定的日子，她的白糖饼便没有了。于是，便腆着脸，眼巴巴地看着苏享用着白糖饼，苏便又分给表姐一半，这样，白糖饼很快便吃完了。两个小伙伴便眼巴巴地盼望着快点火烧山，好吃到白糖饼。有时，见到天边远处的山上有火光泛起，便两眼发亮，心想很快便又能吃到久违的白糖饼了。

苏笑着说："小时候想吃白糖饼便盼望着火烧山，这完全是小孩子的逻辑啊，当时哪想到父亲上山灭火的安危啊，白糖饼是父亲在山上打火时的干粮，他省下来给我们吃，那父亲当时是挨着饿在打火的。"苏的眼圈有些发红，声音也有些哽咽，她说不下去了，苏父已去世，伴随着白糖饼的拳拳父爱，多年之后，在这个不经意的时刻，排山倒海般涌来……

　　而我的关于白糖饼的记忆却更多地与母亲联系在一起。记得那时还在乡下，我考取了县中，家离县中近百公里，且有三十公里不通车，十二岁的我得走三十公里的路再坐四小时的车才能到达县中。临行前母亲用白纸包好了十个白糖饼，放进我的包里。走三十公里那段路时，饿了便就着山中的泉水，吃起了白糖饼，白糖饼个大，酥脆，它的外边还沾着些许白糖，挺能顶饿。在那个物质匮乏的年代，白糖饼的经济实惠使它当之无愧地成为了最受普通大众欢迎的食物。更小的时候，母亲去县城出公差，回来也得走这不通公路的三十公里路，馋嘴的自己嚷嚷着要去接母亲，其实心下是惦念着母亲的白糖饼，正是馋嘴的我翻着母亲的包发现白糖饼时的兴奋劲儿，哪怕当时经济如何的窘迫，母亲也力争不让她最小的女儿失望而归……

　　在贫乏的物质面前，亲人间浓浓的爱淡化了物质上的贫乏，因而记忆中的白糖饼是那样可口暖心，白糖饼满载着苏父的拳拳父爱，穿越时空而来，包裹着瘦弱的苏，也温暖着苏；而母亲为我打点行装时，装在我包里的那一筒白糖饼，化身为母亲拳拳的爱；母爱如山，儿行千里母担忧，游子的行囊里永远都装着母亲的爱……

　　以前不知道在这不着一言的白糖饼后母亲究竟是怎样一种心情；以前不知道这小小的物什后隐藏了多少爱，而今斯人已逝，很多东西随着岁月流逝了，物转星移间，我们自身也在发生着巨大的变化，然而唯一不变的是父亲母亲对儿女的爱。

　　岁月是一条流淌的河，白糖饼已逝，亲情依旧在……

孩儿，你摔疼了吗

记得这样一个故事，一个青年爱上了一个由女巫变成的漂亮姑娘，青年为姑娘的漂亮所迷倒，变得不顾一切。女巫便要求他去把他娘的心拿来。青年依言而去，剖开了母亲的胸膛，取出了母亲的心，奔向他心爱的姑娘，情急之中，被丛林中的藤蔓绊倒了，手中母亲的心摔出了老远，这时，母亲的心说话了："孩儿，你摔疼了吗？"

第一次听到这个故事时，母亲还在人世，我们仍然会很难相处，虽知她是爱我的，只是自己对这份爱的感悟终是不深。及至母亲离世，在我的反思中，一点一滴地追忆母亲时，才知这份爱再也无可替代，纵使我在这尘世如何地摸爬滚打，再也不会有那么一句叮咛了："孩儿，你摔疼了吗？"

回想与母亲相伴的这二十八年，我从来就没有让她省过心，我像一匹脱缰的无拘无束的野马，一路狂奔却始终找不到方向，也不明白这人世的艰辛，只是由着性子去做自己想做的事，我历来就不是个顺从的孩子，倔得九牛也拉不回，天性又较为愚钝，少不了要走弯路，撞了南墙才会回过头来。

那一年，我辞职去了广州，奔波在广州街头，住最便宜的旅馆，随着口袋里的钱越来越少，心里的惶惑便越来越重，工作却依然还是泡影。"梦里不知身是客，一晌贪欢。"在他乡的颠簸离沛中，种种尝试之后，我还是踏上了返家的路。回到家时，正是黄昏，夕阳拉长了我归家的身影，拧开家里的院门，母亲在夕阳中憔悴担忧的脸，一见到我便转为满脸的惊喜，不再有任何一句责备之词："回来了就好，工作慢慢再找一份。"见到母亲，我凄惶的心终于安定了下来。

我碰了一鼻子灰后重新回到校园安静下来时，母亲悬着的心才放了下来。"总有操不完的心，矛盾总是有的，总有新的问题出现，总想把所有的问题解决完了，能好好休息一下。"这一直是母亲的心愿。

等我逐渐明白世象众生之后，逐渐向现实妥协，安于我的现实了。母亲已不再为我担忧了，但她已是积劳成疾，她的脾气在疾病的折磨中日渐一日地烦躁，而她的身体也已如风中之烛般脆弱，母亲的精神随之也垮了下来，她不再能为我们遮风挡雨了，她累了，她变成了一个需要倍加呵护的孩子，母亲已是最能忍受苦痛之人，只是她的病痛也已到了她能忍受的极限，母亲已无力坚强了。

我犯了终生无可挽回的错，长期的照料与心理负荷、劳累，再加上母亲疾病缠身造成的喜怒无常，终于让我忍不住冲病弱的母亲吼了起来："我永远也不想见到你了。"想不到我的这句气话竟成谶语，就在我摔门而去的第十三天，母亲走了，我真的再也见不到她了。

母亲爱我有多深，那我对她的伤害就有多重，也许能这样伤害她的人只有我，她是无法抵御的，因为她的爱，她带着那样的伤离去，母亲肝脾肿大，心脏衰竭，腹腔积满了腹水。我知道母亲原谅我了，她是想再见我一面的，她让哥叫我回来，只是我还在上课，哥便不叫我回来了。

　　也许对于孩儿所有的错，母亲那颗心仍然还是那句关切的叮咛："孩儿，你摔疼了吗?"只是，正是这样无私、博大、深沉的母爱使我在愧疚的深渊里万劫不复 。我今生都无法原谅我自己，这是我应该承受的，因为我今生没有取得原谅的机会了，我愿背着对母亲一世的愧疚沉重地活下去，只有这样我才能替母亲惩罚她不孝的女儿。我宁肯别人伤害我，因为我可以用自己内在的力量疗伤，也可以拒绝受伤;今生我再也不要伤害别人，特别是你最亲的、你最爱的人，伤了别人，伤害有时是永远都无法消除的。

　　就像母亲她再也无法抵御她最小的、最疼爱的女儿的伤害了，临终的日子里，她心上插着我狠狠刺去的那把利刃，她是怎样度过她最后的日子的? 我知道是我那把利刃最终逼死了母亲。我在我的文字里泪流满面，我唯一渴盼的是日子能回到我摔门而去的那一日，我能收回那些话语，正是那些话语变成了利刃刺在了母亲的心口上……

　　"母亲，你摔疼了吗?"

橡 皮 泥

引 子

与一哥们聊天，告知他，我正在构思一篇小说——《橡皮泥》，他说你的这篇小说可以随意构思，可生活总不能按你所愿。我说："哪能呀，我总给它裹在里边，伸胳膊支腿的都难。"他说："这就是我与你的不同了，咱们看问题的角度总不一样，我能跳出来，宏观地看问题，而你总是困在里边。"

"你又能跳多远，我只求有几根竿，在橡皮泥里，撑开大一点的空间，自由地透口气，就蛮不错了。"

一番戏言，个中滋味却不胜尽言；唏嘘之余，脑海中的人物便活灵活现地欲一一出场了。

一、与众不同

人物个性描述：反叛，倔强，懒散，随性，单纯，善良，敏感，多情，善变，有点轻度痴傻。

颠颠的生活不代表常态，她一直生活在常态之外。

颠颠不知从什么时候起，就觉得自己很与众不同，这与众不同不是杰出或优秀，而是不论怎样去做，她总是显得与别人不一样，这不一样的地方就成了颠颠的怪。

颠颠这一生总与她的怪矛盾着，她找不到让这冲突平息下来的结合点，在颠颠的眼里生活总像块橡皮泥，牢牢地把她裹在其中，无论她怎么伸胳膊支腿，生活总能把她打回原形。

颠颠怪的苗头第一次显现是在小学三年级，被老爸怒打一顿之后，一气之下改了姓，随母亲姓梁了。老爸在以后的岁月里一直对此耿耿于怀，在颠颠读大学时终于让她吃尽了苦头，跑了四年校长办公室只为了在老爸寄来的汇款单上盖章，同样倔强的老爸偏要在汇款单上填写上汤晓玫。

记忆中比较典型的事例还有一桩，就是发生在读初一时，颠颠由一个在地图上找不着的乡下小学考入了地图上找得着的县中，在班里当了个破小组长，一次班干部开会，颠颠也留了下来，别人就告诉她小组长不是班干部，她非得弄个明白，就跑去问班主任："老师，我是不是班干部？"班主任怕打击她，吞吞吐吐地说："还不算是吧。"这事传开后，就成了班里众人的笑柄。也是从那时起，颠颠隐隐感到了她与别人不一样。高三时，地理老师提问："世界首都名字最长的是哪个首都？"她抢得快，声音异常嘹亮："曼谷。"举座哗然，其他同学都答布宜诺斯艾利斯。老师也在那扳指头。她便噌地站了起来："曼谷是四十二个字的简称。"可老师到底也没承认她的正确答案。颠颠在众人眼中却愈发地怪了。

颠颠这个绰号是读大学时同班男生起的，起因不明。她回想那时候正是对哲学感兴趣的时期。对于人生有很多不切实际的疑问，总找不着活着的支点。于是几乎翻遍了图书馆里的所有哲学书，那时正是尼采，萨特，叔本华盛行。颠颠看来看去找不到答案，倒把脑子给弄糊涂了，加上当时所学的许多课程她认为无用，于是在帮同桌作弊被当场捉住之后，她所写的检讨名为《人的正确思想是从哪里来的》，满篇都是毛主席老人家如何如何说。被副校长"堂堂"当成一篇"抒情散文"当场棒杀。颠颠也面临着被开除的危险。副校长之所以被称为"堂堂"，是因为他时时挂在嘴边的这么句话"我堂堂某某大学毕业。""堂堂"并没能成为当时年轻人的心灵导师，是因为他心怀不够博大，一副自满的井底之蛙，小人得志样。

十年之后回母校，"堂堂"已驾鹤西去。经历了世事阅历的颠颠回想起"堂堂"的教导也不是都不对。"堂堂"经常教导的一句话便是："我看你们是没尝过生活的辣味欠抽的。"

二、眼睛会说话的初恋

颠颠只记得当时自己的心里只装着那个"眼睛会说话的初恋"。当时被抓的一刹那，她看到了"眼睛会说话的初恋"满含着担忧的眼神，在那个为爱而活的鲜嫩的年纪，这眼神是足可以弥补这一切的，况且"眼睛会说话的初恋"帮她炮制了一份八股式式的检讨总算过了关。所以，在她的心里，"眼睛会说话的初恋"是与她共过患难的。

颠颠最终没能与"眼睛会说话的初恋"走到一起，怕是"眼睛会说话的初恋"对她只有怜惜爱护之意，却没有怦然心动的感觉。"眼睛会说话的初恋"夭折了颠颠最初的爱恋。也许"眼睛会说话的初恋"最终也只是把她也当作颠颠来看的。

"雾起时，

我就在你的怀里。

　　这林间充满了湿润的芳香
　　充满了　那不断要重现的
　　少年时光
　　雾散后却已是一生
　　山空
　　湖静……"

　　雾起时，颠颠这只不自量力的丑小鸭逃脱不了初恋的宿命，双眸相遇的一刹那烟华，照亮了十九岁的纯净夜空，"所有美丽的呈现，只是为了消失。"颠颠无意中的瞬间灿烂，却要以无尽的黑暗作为衬底。

　　初恋是由些不起眼的细节组成，抬眼，不经意相遇的双眸，低头羞红了的脸，那怅然若失隐隐的心痛，那一歪头递过来的揶揄的笑……初恋不知爱为何物，却只为爱而生。用双眸诉说的言辞在心海深处，常有雾帘遮住，伴着清风溜过如烟。与少女清清的心灵相随的是那样一本《泰戈尔诗集》以及雾起时，这林间湿润的芳香。

　　初恋的夭折给了颠颠一记重创，她不再蹦跳着走路，代以轻快的脚步的是略有凝重的少年的浅愁哀怨，在十九岁的天空下，轻轻一碰便伤着了心，那颗裸露的心，没有任何庇护。

三、蜃　景

　　真爱里有座天堂。

　　两个原本可以毫不相关的人相遇了，在这样一个秀美清丽的小村庄，在这样一个漠漠红尘，不问来路，不问去处。有爱的地方就是天堂。

那是阳光在跳着舞的日子，花儿与风儿也来凑着热闹；风花和着雪月，一片春暖花开的胜景，那个名叫错肩的人儿，必是赏心又悦目的。

那错肩之时的偶然回眸，一刹那便已是身处天堂。一个在漠漠沙尘中走着的人，抬眼看到了蜃景；仍然是烟花绚烂，这绚烂的烟华，飞蛾扑火，生命可以焚烧也只为双眸相对的这一刻：这一刻，一别即是天涯；这一刻，凝眉之间便已是永恒；这一刻，有如幻梦，回首便已是一生，清清、凉凉、舞动着光之影……

于是，月明星稀的时候，总有伤感的旋律，飘在有着蜃景的夜空；暮色苍茫里，那飘飘忽忽的芦苇花，吟唱着风儿的曲子，随了那天涯的游子……

"曾经沧海难为水，

除却巫山不是云。"

这蜃景多年以后，成为了颠颠青葱岁月里淡淡而又永恒的一阙轻梦，也是她心灵深处的一眼永恒的泉眼，总在心灵的最深、最柔软处。流逝的岁月模糊了错肩英俊的面容，只剩下颠颠在千人万人之中也绝不会错认的他的伟岸的背影，在梦魂深处……

四、初对风雨

小妹妹：

你好，自从分别后也不见你音讯，心中不免挂念着，近日一切可都好？

上次你来去匆匆，我们也没能交谈多少。我想你还是在原来的工作单位吧，打心眼里我实在也为你打抱不平，并不是说地方生活艰苦，而是"专业不对口"的困扰，但我还是希望你能面对现实。未来与过去合到一起，也都不如现实重大。命运绝不会胜过一个人的沉着勇敢，只要我们敢于面对它，就绝不会完全失望。你刚入社会大门，许许多多的人情世故你并不了解，也许你会很快适应那地方的工作和生活，这是由于你——一个对任何事都无所谓的女孩子。有人说，一个不懂事的小姑娘，要比那些饱经沧桑的成年人更能适应人世间的变化。几场泪水，就能冲击去心中的悲伤，几点晃动的光斑，就能引出快乐的笑声。

你不正是这样吗？

我们相处十多天，你给我的印象是善良、天真，然而做一些事又不考虑到后果。我与你面对面接触少，但我却在默默地注视你，当别人笑话你的时候，我却在心中涌出一阵酸楚，也许是出于教师职业的本能吧，我们善于洞察别人，及时掌握信息，以便对症下药。我想你遭到这一步，就是你的一些想法、做法造成的。（恕我直言）我希望你在工作和生活中慢慢体会，不断发现自己，从而改变自己的境遇，我会尽力而为的。

暂写到此，有时间望来信，余言后叙，顺祝如意。

刘云

1991 年 10 月 23 日

当颠颠在现实中摸爬滚打，鼻青脸肿的七年之后，在报纸上读到刘云副市长前往山区视察的途中遭遇车祸去世的报道时，颠颠一刹那泪流满面，真是她的刘云大姐姐，颠颠端详着黑框中刘云姐姐知性、端庄的遗容，痛心着她享年还未到四十岁。颠颠重又读起这封七年前的来信，磨炼过后的颠颠已经能读懂姐姐每一字句的深意了。在最初航行的途中，姐姐已经为迷途的她满含深情地指点了方向。"此情可待成追忆，只是当时已惘然。"当时，颠颠还读不懂其中深意，悟不出生活的真谛，也就无法明白刘云姐姐这番苦心。颠颠明白过来，想要表达这份心底深处的谢意时，却已是天人永隔了。

一个萍水相逢的人，对于一个素不相识的女孩子，能有这样一番爱惜之意，是一个多么深情而富于大爱的人啊！颠颠初涉人世的风雨途中遇到这样一位师长，无疑是幸运的。

五、红长裙

上个世纪九十年代初，颠颠随着那一年的毕业生分配政策下到了最基层。

颠颠分到了一个边远山乡的供销社做了一名卖酱油的售货员。这在当时成了一条特大新闻，这于今，不是什么新闻了，北大生有去卖猪肉的。

颠颠卖酱油与别人不一样，颠颠卖酱油的勺子旁挂着的是本英语书。"那个刚来的卖酱油的小姑娘好奇怪，看得懂英文书。"

颠颠如今已很平静，她觉得卖酱油的那一年里，她记的单词是最多的，也是最有效的。那是在一种愤懑情绪下，前途渺茫情形下的一种自我坚持，尽管当时颠颠不知这种坚持会导向何处。

在当时，颠颠只觉得生活的每一当下都犹如脚踩着冰凌，"吱吱地"一地破碎的声音。

颠颠默然端坐，伴着轻音乐的旋律，门市部里很暗，已是清晨八点多的光景了，柜台里只亮着一只白炽灯，有点像家。柜台处正对着大门口，朝外望去，只见一条窄小的黄土路，壁面而立的是冰室，视力所及未满五十米处，一些小商小贩，菜农东一处、西一处地正闲扯着。

这条黄土路时不时会有辆车经过，去的是一个更僻远的乡村，这一点于颠颠而言，无什么浪漫可言。颠颠十分向往远方，浪漫的偶遇一别即天涯，浪漫的幻想具有十分强大的诱惑力，于是这颗富于幻想的心常常恍然于她的幻想中，而忘了现实中的诸多不幸和无奈……

秋风乍起，清晨起来已有一些凉意，夏天即将过去，夏末秋初的时节，渲染着一种情绪，凉风徐徐吹过，拂着愁绪，染着相思。颠颠格外想念大学时光里的旧事，还有那眼睛会说话的初恋。颠颠隐约感到她被一种什么东西给裹住了，她挣扎着却感到挣脱不掉。每日里，那黑乎乎的柜台，那黏乎乎的酱油，那一天忙到黑永无休息日的劳累以及心中理想的破碎，现实的无情，卖酱油的日子让颠颠觉得生活也似乎变成了酱油的色彩。

今日看来，一个人无论身处何种境地，心态是最重要的，生活没有什么委屈不委屈，生活从来不相信什么眼泪，生活就是生活本身。过好每一个当下的日子，才是最为紧要的。初涉世的颠颠没法领悟到这些，在当时，她的内心必然要经过那样一番挣扎，她才能看到更高更远处。

颠颠青春岁月里美的意识显现在她的一条大红长裙上，红长裙里的那颗反叛不安的魂灵，在颠颠酱油色的现实里，像一面鲜红的旗帜。"生活总有一天会让你屈服的。"颠颠卖酱油的同时，学会了抽烟、喝酒，学会了如何以玩世不恭的语气来回敬她所不需要的所谓的"同情"。只是无论如何，颠颠的手里始终拿着本英语书，她也不知何故。对于生活没有明确意识的颠颠，不知下一个路口在哪，卖酱油的生活给予她的是一种深深的惶惑、愤懑以及委屈，这不是她想要的生活。

颠颠后来才知道这世上没有任何人能含着金钥匙出生，即便含着金钥匙出生了，也仍然逃不过生命本身就固有的磨难，或早或晚，人都要尝尽人生百味，生活就像剥洋葱，迟早总有一片会让你泪流满面。生命的航程中泥沙俱下，在时光河流的岸边会时不时地留下些美丽的斑贝，生命里的所有欢欣就像些零星的点，点与点之间却有着很长的距离。忍受当前所需要忍受的，透过磨难的肩头看去，希望就在前一个拐角处，而颠颠所要做的只是重拾一份从头再来的勇气与信心，坚定地向前走去……

六、给点阳光就灿烂

站了一年柜台之后，颠颠获得了提升，颠颠是科班毕业，学的又是秘书专业，在报刊上发表了些文章之后，被书记看中，调到了乡政府当秘书，这一年颠颠二十岁。

二十岁的颠颠对世事一无所知，这得归因于她的成长环境，颠颠自小随父亲四处迁徙，居无定所，父母对她的教育也很宽松。她的个性犹如一匹无拘无束的野马，率真，不知轻重。因此，她的眼界也更为广阔些，也正是这一切，使颠颠对于当地的风俗人情世故一无所知，她自小爱读书，对于人生她几乎是从书本看来的，这样的一个书呆子，又岂能不"怪"？

颠颠每日里的工作是早早就去打开办公室的门，把茶泡好，别看这小小乡府，"麻雀虽小，肝胆俱全。"芝麻绿豆的小事尤其多，而且又得随时应付上级的检查。颠颠学会了从坐姿来判断领导的级别，坐在沙发上，整个身子全都后倾，眼睛盯着天花板完全不看人的，是省级人物；半个身子后倾，眼睛盯着你头顶上方的那块空地的是地区级人物；而把你从上到下打量一遍，说话不可一世且带着鼻音哼哼声的多半是县级的，且不是县长或副县长级别，多半是他们的狗腿子。国家级的人物还没来过这个僻壤小乡，不知他们长个啥样。颠颠观察着这些，多半觉得有趣。颠颠还不大明白等级是怎么回事，在她的概念中，人都是平等的。这是父亲一直以来的潜移默化，父亲是个南下的老干部，征战南北，随着共和国的成立，南下支援山区建设而来到这的。

黄书记颇有眼光，在这个僻壤小乡颠颠多少也算得上一个人才，且写得一手好字，颠颠负责接待来访，办公室日常事务，起草文件，颠颠所在地是个瑶族乡，当地的瑶民多数穿着本民族服饰，黑衣上绣着本民族特有的花边纹路，说着瑶话。颠颠对方言感兴趣，这里瑶民来得最多，多是来办事的。

七、臭老九生涯

颠颠重回母校，是以教师的身份，十多年前的那个十二岁的小女孩子蹦跳的身影是再也寻不到了。生活就像一个圆，又回到了起点，所不同的只是物是人已非，想起填高考志愿时，颠颠无论怎样也不愿当孩子王的。转了一圈仍是回来了。其实，弄明白了，是流逝的时光带走了这一切，没有谁赢得过与时间的这场赛跑。而所谓的命运也就是与生活是妥协还是抗争的过程。

颠颠如孩子般的那颗心在孩子们的爱里，在孩子们春天摘来的杜鹃花里，在孩子们掏来的鸟蛋里，在摘来的野菜里一点点地复苏，颠颠本就一颗十分单纯的心只有在这样的宁静无扰里，才能安然地过着一种与世无争的生活。

经了大悲大痛之后，犹如航船驶过了激流险滩，进入了风平浪静的河段，颠颠可以安然地欣赏沿途的景观了。

人其实是活在他的思想里。经过了这么多年，颠颠到底释然了，当她的内心成长了，或说是历练吧，她安然了起来，她在她的怪与现实中找到了平衡点，人应该是活自己那一份生活，生活不在别处，就在你的思想里，解开这个结之后，只安然地做着自己便是。

越往下活，内心就越淡，冲突也越缓和，在这种静静的简单里，内心把所经历的一切归了零，重回单纯和宁静，平和。日子逐渐就轻灵了，鲜活了。又找到让生活绚烂的起点了。

八、剧　痛

清明时节，这是颠颠生命最为苍凉的底色，颠颠想起了在母亲葬礼上，母亲依然光洁修长的手，这是最后一次握着母亲的手了。颠颠一回想到这些，就唯愿自己生而为一棵树，一棵有生命却没有思维的树，颠颠有时候想，人干吗要有思维，这不是自己为自己找痛苦吗？颠颠在一种她无法抵御，无法解决而又必须面对的情况下就只想做棵树，这是她最常用的一种方法。人活着其实无所谓痛苦或者幸福，一切都只不过是云烟过眼，当无比疼爱自己的母亲就这样化为一副白骨，过往的一切怎又不是一场幻梦？

"一声天崩地裂的炸响，

说你已走了，

不再等我，

母亲，我忍住不哭，

我紧紧抓起一把泥土，

我知道，

此刻，

你已在我掌心里了。"

——《血的再版》

"膝盖有些不像痛的痛

在黄土上跪下时，

我试着伸腕，

握你蓟草般的手，

刚下过一场小雨，

我为你

运来一整条河的水，

流自

我积雪初融的眼睛，

我跪着偷觑，

一株狗尾巴草绕过坟地，

跑了一大圈，

又回到我搁置额头的土堆，

我一把连根拔起，

须须上还留有

你微温的鼻息。"

——《河畔墓园——为亡母上坟小记》

这是诗人洛夫祭亡母的感怀，当颠颠经历了生命这样撕裂的惊恸之后，她觉得人生再也找不到任何寄托，人活着的痛苦根本就无法安慰，"但有音容留梦里，再无杯酒笑灯前。"生死从此两茫茫，相逢唯有在梦中。没有人能告诉她又有什么最终能高踞人类的全部痛苦之上。

九、一地破碎

这一场情变让颠颠领略了什么是市井哲学，小市民的精明与算计、势利，这一些都是颠颠所不知的。颠颠也知道了自己终究爱不上某某的最根本原因了，是因为某某缺少的正是颠颠最为赞赏的正直，某某的"精"是一种只为自己打算的一种市侩的精明，某某的所谓的"精"是一种对自己有利时巴结，对自己不利时落井下石的诠释。这是颠颠做人最不耻的。但这恰恰是某某"温良恭厚"外表下的处世原则。想通了，就知道原本就不是同一类的人，最终还得分手。

当一切温情的面纱撕去，也看清了某某面目的狰狞时，满口的爱只不过是一场斤斤计较的算计，算过之后，自己属于亏损的一方时，名为算计的"爱情"便彻底不复存在。

想清楚，看清楚了，便只当是取经途中九九八十一难中的一难，又可轻装前行了。世界仍然还是本来的样子。

生活就这样一波接着一波。颠颠经历过了这一切之后，只觉得满目废墟，一地破碎。颠颠感到时光与幸福像指间的沙，怎样握也握不住；痛苦却如鬼魅，总挣脱不了它的拥抱与纠缠；苦难总喜欢不请自到，接踵而至。颠颠只觉生活就像个大酱缸，五味杂陈，生活就这样一波接着一波没有个停息的时候。最终颠颠以文学作为抵御痛苦的宝剑，文学是她寻找快乐的一把钥匙，也是她挣脱生活这块橡皮泥的束缚，能呼吸到的一缕自由的空气。

十、奔向理想之途

颠颠坐在北外宽敞的教室里读着她的研究生课程，北京浓浓的文化气息深深地吸引着她。本有着宽阔胸襟的颠颠在这种宽敞的自由的环境中，颠颠感到她生命中的一页已永恒地翻过去了——那个遥远的乡村小柜台，亲切纯朴的瑶民，眼睛会说话的初恋，蜃景里的错肩，那英年早逝的刘云姐，那算计之后又心怀内疚的某某，母亲葬礼上握着的母亲依然光洁修长的手，生命离去的阵阵剧痛……

这一切都已一一远去了，他们都已属于颠颠生命里已永恒翻过去的那一页，所有生命存在当时的痛苦与欢欣都已云过风轻……

当一个人的内心世界扩展之后，生活便不再像那块挣脱不掉的橡皮泥，颠颠依然年轻的生命又带着凤凰涅槃之后而再生的激情，踏上了她寻找自我的道路上……

颠颠的生命告别了一个段落，做一名翻译的梦在颠颠多年的坚持下终于越来越近了，在这个梦里，世界愈来愈辽阔，颠颠的脚步也愈来愈稳，愈来愈从容，颠颠成熟知性的女人气质也愈来愈浓，颠颠如一朵幸福着的彼岸花，划着她的方舟在生命的长河里自如地穿梭……

后 记

每个独特的个体在成长的途中，都有一个与所处环境的冲突以及内心的整合的过程，这一过程是漫长的。当我们明白些事来时，多半已到了一定的岁数，回首望去，怕是已满目疮痍，面目模糊；所曾经历的也像云烟过眼，了无痕迹了。

在过来人眼里，生活也许只不过是一地破碎，不停地被打乱再重来。"重振鼓，待重拾旧山河，从头越。"

元朝石屋禅师的一句禅语："于事无心风过树，于心无事月行空。"大凡世间世事莫不如此乎？人活一世却确实不易呀。

童　话

　　多年以后，我才知道有柱子哥相随的日子，都是童话。

　　多年以后，当我鬓边发白，在炉火边打盹，所有往昔的岁月夹着额上的风霜，而我唇边那抹残留的笑意浅浅绽放：柱子哥高大的身影，山坡上柔柔细细的粉红花开，风过处，像流动的云彩，斜挂天际的那枚柠檬般淡黄的月牙儿，而我白色的裙裾飘飘，环佩的叮当声里，青春的笑声有如风中的铃铛，在柱子哥睿智的高雅和宽厚里，肆意张扬着……

　　当清晨第一缕光线微露，那烧饭的江西大叔慈祥的声音便响起："柱子，柱子，起床了。"

　　起初听到之时不禁莞尔一笑，大叔像叫自个儿亲孙子似的，谁知等会儿一个一米八五的大高个儿睡眼惺惺、拎着毛巾向水龙头走去。江西大叔慈爱地捶了这小子一下。

　　我在想《罗马假日》里赫本饰演的公主在没遇到派克扮演的记者之前只是个顽皮的刁儿，记者呢，是个对现实不满、牢骚满腹的混青。可当他们遇到一起，就有了无与伦比的童话。

　　在看到柱子哥第一眼时，我的童话就开始了。多年之后我再回忆这段童话岁月时，我才知道此生中童话只有一次，上帝无意间把灰姑娘的水晶鞋套在了我的脚下，我浑然不知，而童话也只发生在那样特定的空白的粉嫩的青春年月里。

记得柱子哥穿着发白的牛仔裤，斜挎着工包，随意地立在这西南边陲的小镇上，看他时，便犹如一道风景线。而我关于男性性感的概念就从那而来了。

记得那时初相遇，正是黄昏夕阳暮。暮春，日子逐渐拉长，透过远山，夕阳的余晖给大地染了一层迷蒙的金黄。教室里传来琅琅的读书声。想着等会柱子哥会坐在我身边的位子上，单是这份儿巧合已足够我喜悦了，树叶不摇，风儿不吹，虫儿没叫，只有我的心儿在狂跳，它是蹦跳的小鹿，是欢鸣的鸟儿……

"你的名字是国家的顶梁柱的意思了？"

"不好意思，还是装（庄）出来的。"（庄国柱）

"你喝茶吧。""原来牛奶和糖就是你的茶？"

"给你看一样可爱的东西，你猜是什么？"

"对你来说，可爱的东西就是小兔子。"

四只刚出生的小兔子在窝里闭着眼睛乱爬，"看着这些小宝贝，你在想些什么？""我没想什么，你呢？""我也想当妈妈了。""可没爸爸，你怎么当得了妈妈。""你坏，你坏，谁叫你真的想了。"

"存心不给我吃是不是，两架直升飞机就降落下来。"柱子哥拿了个碗，一碗汤，几个包子，坐在花架下，自言自语，我正好走过，忍俊不禁，"扑哧"一声笑出声来，他拿了碗把"直升飞机"（苍蝇）倒了。

与柱子哥在一起，蚊子总是咬他，"蚊子喜欢我，我的血是香的。""反正我的血也不臭。"我回答得斩钉截铁。

柱子哥是工程师，他的工作成天要在野外作业，手被晒得一截黑一截白，我戏称他为黑白混血儿，"混血儿有这么混的？"

"你知道吗？这里有一种说法，每座桥建成之后，神都要收两个人守着。""那来世咱们就做那两垫桥墩的人，一辈子守着这桥。"夜色下，湖边的桥上，柱子哥与我在看天际那枚柠檬般淡黄的月牙，"女孩子心细，我只知道月亮出来就出来了，还不知道有柠檬黄的月儿"……

空气中透着一丝凉，且那湖光与淡蓝的夜空相映，上完了一个长长的陡坡，柱子哥松开了我的手，而留在我手心里他的余温，依然在心底荡漾，我似在梦中，依稀如昨……

来世就做个像柱子哥那样的男人吧：高大，潇洒，英俊却又无比谦逊；豪爽，自由，狂放而又不失温柔，可豪情万丈亦可柔丝千缕。而我却只想在他铁塔下劳作的时候，化一缕风，给他荫凉；或一涓细流，在他渴时，捧了一掬，放入他的口中……

回忆里的柱子哥是一幅幅剪影，而我的思绪却是曼妙的，似山谷里潺潺的流水，荡涤着心上的尘埃；是清明朗净的圆月，深邃幽静的夜空；澄明清朗的柱子哥总在这样的思绪里缓缓而来……

而每当到了江南的雨季，绵长的雨拉长了思念的心弦；当山坡上流动着粉红色的云；当红月亮再度从山那边缓缓探出脸来的时候，只有那高山上的铁塔无语屹立，它无语，我亦无语，而时光也已不再……

后来，我在泰戈尔的散文诗里体会着童话里少女的情怀，"让你的爱伴我一生，就像音乐永远伴着竖琴。最终，我将用我的生命连同你的爱情，奉还给你。"

"你的阳光射到我的地上，整天地伸臂站在我门前，把我的眼泪，叹息和歌曲变成的云彩，带回放在你的足边。"

"我愿为天空，得以无数的眼看你。"

"我的宝库里有很多钻石，珍珠，玛瑙，都是你无意中给的。""我什么时候给过你钻石，珠宝，这些东西我都没见过。"

"不，你给了，不过，在你走后，这些珍宝都会变。"

"变成什么？"

"小虫。"

"在你走后，它们就会变成小虫，把我的心当成桑叶。是你对它们施了魔术。"

我会用诗句塑成你孤寂的形象供奉在我的心里，用冰把你封冻起来，只待你温热的双手轻轻地触摸，它立刻就会醒来，你立即就会懂得。

童话里的每一个日子都在飞逝，有些东西一旦产生了便已成为永恒。我是一个愿意生活在童话里的人，也许我心灵的需求太多，在这一块纯净的热爱万物的心灵净地，"我的模具是心灵，落入其间的，变成丰繁的创造。"

"日月不是衡量创造的尺度，日月是外在物。"

"那么用什么测量它呢？"

"用快乐，尤其是用痛苦。"

我要把你藏在何处？那里的分分秒秒不再飞逝，那里人间一切的尘俗都无法触及……

我无力地伸去目光，承接这冷冷的结局。

人走远了，故事却留了下来，清清凉凉，淡淡的，似静夜里那枚柠檬般淡黄的月牙儿。多年以后，一切都已成为意象，那依然单纯明朗的笑靥，柱子哥站在我独自守望着的寂寞黄昏里，请将孤寂注满我的心杯，让我感到你无限的爱深入我的灵魂谷底……

那童话里的岁月，那如风飘逝的日子……

第四辑

闲趣·随心

春　语

　　让我最先感觉到春天气息的是那柔柔的粉红色的迎春花，它们漫山遍野地柔柔地绽放，远远看去，像极了一朵朵粉红色的云。那时，山上还是凋零的色彩，冬的调子尚未褪尽。

　　白色的李花，梨花雪儿般缀满了枝头，在二月的绣花针般的微润里，含泪带笑地在细细的柔风中纷纷飘坠，如片片雪儿飞舞，剩下粉红的桃花泪美人般地挂在枝头，待过了几日，再从枝头下走过，那片片的粉红便都已化为尘泥静卧，枝上却已青青。

　　不知什么时候，那光秃、干枯的柳枝儿冒出了细丁丁儿，一待你不留神，那细丁丁儿就蓬蓬勃勃地变成了一枚枚嫩绿的细叶儿，油油亮亮地直抢你的眼，一缕缕柳条儿随着那柔柔的风儿漫不经心地扭着腰肢。

　　烟花三月里，那缠缠绵绵的雨丝，漫无目的地撒着。从午间的酣梦里醒来，那浅浅愁愁的春困中，却有燕子的呢喃欢快地传入你的耳帘，你似乎在等待着什么，是那一声声亲昵的燕语，或是青草池塘的处处蛙声，还是……

　　远方依旧如烟，有着剪子尾巴的燕儿，你是否已寻到了你的旧巢？在春天，幸福的人们容易别离，满怀着新的希冀到远方去……

　　那长长的列车穿过阵阵梧桐花雨，声声汽笛，惊扰了春的残梦，在花瓣儿的泪里，炎炎烈烈的夏铺天盖地就要来了。

　　冬的颜容在人们的记忆里隐匿了，收起了它的行当，让位于这热辣辣的夏。

　　而我，愿意被这热辣辣的夏温暖着，鼓动着，扬帆前行，轻灵如梦般的春意在这尘烟之上浮泛而去……

桃 花 笑

　　最能代表春的风物恐是桃花了，总是在见了第一朵桃花绽开时，才知晓春已来。本来春给人带来的总是生机，而我，总是在见了那树繁花满满之时，兀自心惊，这满满的繁花，恣意地笑在春风里，却惊在我心上。

　　冬是贮藏的，冬的贮藏总是很隐蔽，在一切的萧条中，你见惯了光秃的枝条，遒劲的树干及盘根错节的树墩，灰不溜秋的，人也裹在厚实的冬衣里与寒冷拧巴着，无喜亦不忧。

　　可心里总是盼着春来的，春总能让大自然上演一番胜景，不管你的心情如何，自然的脚步总按部就班，踏步稳健而来，万物也总是依了时令，撇开人类，兀自欢喜，欣荣，枯败、蕴藏、勃发……

　　每日里，路过桥边那几株桃树，感应着春的步伐，搜寻着春的踪迹。春，像是位仙子，不露声色，却早已神不知鬼不觉地对万物施了魔法，她的魔法在一点一点地渗透显现；春又仿佛是从土里钻出来的，抑或从树缝里冒出来，它一点一点壮大，直到完全不可抵挡。

　　我在春仙子的魔法里，感受着春的盛意：起初，桃树的枝干只是在骨节处有些许细微的凸起和不平，一天天地，这些凸起渐变成细芽，再些许时日，细芽结成个小小包，小小包渐变渐大，鼓胀胀的，你发觉它们已长成个小花苞，露出它花瓣的些许颜色来，但似乎还有股力量束缚着它们，它们依然含着羞，把脸深埋在自己的花心里。

满树的花骨朵，一串接着一串，我的心也是欣然的，这些含苞的骨朵，正酝酿着上演繁花似锦的一幕。可我终舍不得它们绽开，总愿它们似现在般，永远就是那么一朵骨朵儿，永远存着一片"繁花似锦"的憧憬与念想儿……

过几日，繁花似锦的一幕如期上演，那些个饱胀的花骨朵儿竞相拼了命地怒放，盛况空前，我似乎听到了每朵怒放的花骨朵在春风里恣意的笑语。

"枝头春意闹"，繁花似锦的一幕后，我揪着的心让我不愿再从桃树下走过了。

恣意地绽开了，恣意地笑过了，然后是满地的零落，在每一朵残败的花朵里，结出一枚小小的果来，直到见到那些躲在绿叶里一枚枚小小的果子，我才松了口气，我一直揪着的心终可放下来，终会意了满树的桃花在春风里那样不管不顾恣意的笑语……

山 百 合

　　第一次见到山百合，是与学生行走在山间的一条小路上，孩子的眼睛和童心是不会错过任何一种美丽的东西的。

　　惊异于它的洁白，那种白，白得很纯净；它美得淡雅而又素洁，甚至含着一种淡淡的寂寞，略带些许浅浅的忧郁。静静地开在那幽僻的山野，一株只有一茎，直直地托着两个花蕾，叶片儿小小的，很匀称地依附在直直的茎上。它整个造型都很舒雅，花儿开放时，那洁净的白，没有半点张扬，和着微风，它独自美丽着，芬芳着……

　　它内敛而富于蕴涵，沉静而不颓疲，它静静地展示它内在的生命的张力，特立独行。它实在没有什么东西可与之相比拟。

　　它就那样地赢得了它自己，在烂漫的花丛中，你能一眼就把它认出来……

小小一株含羞草

在我楼房的草地边，不期然地长着一棵小小含羞草，是院里一对正在养病的夫妇先发现的。自始之后，每天路过它旁边时，总会蹲下身来逗逗它，看它含羞地合上它所有的叶子才离去。它叶子张开得像笑脸一样，张得最欢是清晨时光，有清露滋润在它的叶片上时，看着它，似乎也能感到它的欢喜。

不过，心下里却无端为它担忧起来，长在路边，虽不会引人注目，但也很有可能会被踩死，或被园艺工人当杂草拔掉；但如让我把它移植到花盆里放到家里边，它必然又会失去这份天然野趣，也许有时过分的呵护，于它反而是致命的，还是不要干涉自然吧。

长在路边，它时不时地会受些伤，那些调皮的孩子脚下可不会注意到它的存在；有时，见到它的一些残损的枝叶时，总忍不住想把它移植到花盆里，但迟疑着总是没动。想起看《动物世界》里的摄影师看到有危险逼近他所拍摄的动物时，总忍不住想帮一把，但想想不能介入自然界，自然界有它自己的生存法则，我还是忍住了，继续观望着它的命运会如何。

有一天我再去看它时，它不在了，瞬间有种心痛的感觉，这时看到园艺的阿姨正在拔草，果然被当成杂草拔掉了。我告诉她这是一棵含羞草，阿姨便又把它种在了一棵树下，远离路边了。

我于是就老担心着它，后来的几日，它一直殃殃的，提不起神，叶子全干了，杆也变得枯黄，怕是没救了。后来又下了几场大雨，我还是每日里去看它一眼，有一天我惊喜起来，它竟然冒出了一丁小芽芽，新新的绿，这一丁丁芽让我知道它的生命没有离去……

仍旧是夏日毒辣辣的太阳，就着倾盆的大雨，小小含羞草呀，你是否经受得了？

再过些时日，我再去看它，它竟然只用了几日的功夫就长势可人，原先的小丁丁长成了大叶子，用劲地撑开着，其他的枝丫下也已长出好多新叶，蓬蓬勃勃，恣意生长着，似乎全然忘记了曾受过的所有的伤……那位大病初愈的阿姨也如我般一直关注着这株小小含羞草的命运，感慨道："我的生命也如它般，死去之后又活了过来。""是的，我们还要学它仿佛从来没受过那些伤，要比原来的生命更为强健。"

小小一株含羞草，它没有在我的庇护下，而是在伤害中，在风里，在雨里，在烈日下自行复原并成长得更为强健。它生命里盎然的生机经风历雨后变得更强势了，它不再羸弱不堪，而我对一株经风历雨，熬过生死几重考验的小小含羞草彻底放下心来。

小 灰 鼠

在我的厨房里，住着一只小灰鼠。它与众多的老鼠没什么两样，但我却独能从众多的老鼠们当中认出它来。在我的独居生活中，它竟给我一种多了个朋友的感觉，只是它来自鼠界。

人类也许太自以为是了，总以为这世界只是人类自己的世界，而我独不以为然，这世界是大自然的，人类只是其中极小极小的一部分。

第一次见到它时，我和它的距离很近，它从黝黑的水管洞里小心翼翼地探出脑袋来，几乎就在我的鼻子底下，那黑亮亮的眼睛滴溜溜地转着，我动也不敢动生怕惊吓了它。在与它对视的那瞬间，我感觉它只是个小孩，那黑亮的眼睛很纯净，丝毫没有让我联想到可恶的贼。它见我没动静，就大胆地探出了整个身子，看得出它还小，它还不知道什么叫害怕。它友好而信任地爬到我面前来了，我只是一动不动地饶有兴趣地瞅着它，在心里给它起了个温柔的名字"灰灰"。过了一会，大概它妈妈叫它，它又爬回了那个水管洞，后来，我又在那儿见了它好几次，每次它那双小眼睛依然黑亮黑亮的，我们用眼神进行着无声的交流，我只感觉它是大自然中生命存在的另一种形式，它和它的族类也是造物不可或缺的一部分。

对于人类来说，它是窃贼。可在它们鼠界，并不存在人类的法则，它们吃食谷物维持自身的生存，那是天经地义的事，它没必要知道这是李四的谷子，那是张三的芝麻不能偷。小灰灰的行动在它们鼠界实在并没有任何过错。

人类又岂能用狭隘的人类法则来衡定自然的一切呢？

天 然 之 爱

"亲爱的，快点进窝里来吧，外边下雨了。"

"那可不行，我得守着这门儿，万一有坏蛋进来，你和咱们未出世的孩儿咋办？"

我听不懂鸽语，灰儿与小白之间的咕咕噜、咕咕噜被我翻译成了这样子。

浮现在我脑海里的是灰儿小小的背影，它小小的身子站在进出口通道的踏板上，昂首瞭望着远方；自从小白孵宝宝之后，每日它总是伫立在那里，送走每个长夜，迎来每个霞光灿烂的晨曦，风雨无阻……

它的身后，是它辛苦建立起来的巢，巢里住着的是它的妻：小白，正在孵它们未出世的孩儿。它小小的背影竟是无比坚毅的，对于小白来说它小小的背影就是一堵坚实的铜墙铁壁，隔挡着一切风雨，一切危难……

起初养它的时候，二嫂一共送来三只鸽子，一灰二白，灰儿与另一只白的是公的，姐说就要一灰一白吧，这样品种可变换多一些。后来才发现灰儿的脚是畸形的，整个右脚趾往内折，大哥便断言这灰儿是完不成种鸽的任务的，养什么养呢，还不如杀吃了算了。姐说还是养着它们吧，不过对于没留下另一只正常的公白鸽也颇有悔意。

171

　　姐给它们搭了些梯子，灰儿由于腿脚不灵便的缘故，每次要爬上梯子总是要小心翼翼地试啊试的，不过最终它还是爬上去了。小白对灰儿倒没显示出半点的嫌弃，似乎对于灰儿的腿脚不灵便也并不在意。养了一段时间之后，便让它们飞到户外去了，飞翔着的灰儿在天空中的身姿异常的优美。

　　不久之后，见到它们时不时地衔些小树枝、干草回来，姐知道它要有小宝宝了，做了个窝给它们，小白下了两个蛋后就专心孵起蛋来。整个孵化过程中，灰儿担当起了一个男子汉大丈夫的职责，它们实行着严格的换岗制：每天九点钟一到，灰儿就来到小白的身边换下小白，尽管有些腿脚不灵便，不过丝毫不影响灰儿孵宝宝的热情与信心，它小心翼翼地踏上去蹲下来之后就一动不动了，任由小白在外边玩个够才回来。下午四时左右，小白接着继续孵化，至第二天上午九时左右。在小白孵蛋期间，灰儿就站在踏板上瞭望远方的敌情，呵护家人的安全。灰儿对外来动静极为敏感，灰儿总是守在蛋巢的附近警卫，随时对付突然的袭击。灰儿与小白之间的这种自然分工合理而又科学，人还真得向它们学习呢。

　　小宝破壳之后，这对鸽父母便忙活开了，只是让人惊异的是灰儿竟也能分泌鸽乳与小白共同哺育宝宝，轮流饲喂。这一点竟是比人类更为高级了。

　　也许动物之间自有它们自个儿的演绎，就像灰儿的残缺是天然的，灰儿也以天然之心接受了这种残缺，然而它小小的守护着妻儿的背影早就让我完全忘却了它那畸形的脚。也许我们人类的畸形是双重的，身体与心灵的双重畸形，远比不上灰儿这份儿面对不如意的天然之心。

　　看着灰儿一家的天然之乐，完美得令人嫉妒，它们一家子之间的天然之爱让我为之动容、为之感动。小小一只鸽子竟能把爱与责任诠释得如此尽善尽美，何况我们人乎？

童 年 鱼 趣

"我捉到了一条好看的鱼，快来看呀。"梦中我又回到了那片童年沙滩，正在沙滩上挖坑装水，要关我捉到的那条美鱼。

小时候，鱼儿出奇的多，四五岁的自己拿着个小小的铲箕胡乱地往水草丛中一戳，也能铲上一两条活蹦乱跳的鱼儿来，小小心里的喜悦直往外冒，那个兴奋劲儿就甭提了。许是遗传吧，父亲小时常常能背回一脚盆的鱼儿回来，代价却是爷爷的藤条抽打在脊背上，第二天却是照去捉鱼不误。我想，在父亲心中，捉鱼的趣儿没什么可比吧。

依稀记得，六七岁的我和哥哥拿着一种捕鱼的工具，捏着电筒，顶着星光，在小溪、田头的出口处安装上这种捕鱼具，先把捕鱼具放在水的出口处中央，我坐在它上边，哥便去搬石头堵在旁边，用泥巴抹得结实，水从捕鱼具中流过，鱼儿也顺水流入，却再也出不来了。我们便又顶着星光回去，心头有点点希望，明儿的时候，便可去取鱼了。快乐的我便跟在年少的哥哥身后，就那样走着、蹦着，一晃二十年也过去了。

看着现在的孩子成天为外语，小提琴，绘画班等在忙活着，玩儿似乎已是一个遥远的词了，为了所谓成功的将来，快乐似乎遥遥无期，小小年纪就要把这份天然的快乐搭上，真不知他们长大后的回忆里，童年还有些什么？许多东西是不可逆的，知识可以在任何时候学，小时的天然童趣却是不可返的。没有烂泥巴，没有捉鱼，没有大自然的童年或多或少都是一种缺憾。

童年的鱼趣，纯出天然，那份天然的快乐，成年之后，再无法找寻，在记忆中成为一座滋润心灵的宝藏。年岁渐长，是有一些东西渐行渐远，可我们做一个成功的人，一个成熟的人非得付出这么多的代价吗？而尤其以天然的童趣为交换？如果我们的奋斗是为了取得更多的物质，如果成功只是占有更多的金钱，拥有更大的财富和权势，那么，谁来安抚灵魂？灵魂隐秘的、异常丰富的需求却可以被如此粗暴地打断，灵魂为了所谓的成功，而卑微屈膝，这样，我们是真的成功吗？真的快乐吗？

如果可能，我只愿做沙滩边正在捉鱼的童年的自己，活在自己的本真里。

异 类 朋 友

"左牵黄，右擎苍，举长矢兮射天狼。"阿黄已死去多年了，时不时想起它来时，我内心依旧是愧疚的。它与我相伴三年，最终却是我杀死了它，"我不杀伯仁，伯仁却因我而死。"

对它的感觉，不像是对一只狗，又不像是对一个朋友，也不像对亲人，我们是一种相伴与相依。它对于我是完全信任的，自始至终它都把保护我作为己任，我没这么要求它，可它却用它的生命做到了。我也没把它当宠物养着，我们更多的是作为两种生命形式的相伴相依，它无言，却无时不在伴着我，它的相伴竟没有半点的二心。

买它来时还是儿童，我只把它当只普通狗养着，可渐渐地我发觉它的不同来。它性格是沉静的，有些矜持，有些倔，这有点像我，却又很独立，它从不曾依附于我，它只做它自己。

甚至它的撒娇也是害羞的，如一天长时间见不到我，再见到我时它必然要拿下巴来磨蹭我的裤脚，我便伸出一只手来，它的下巴便在我的手心来回磨蹭几下，便静静地到一边去了。

它逐渐长成少年了，独自去玩耍的时候多了。可是它却知道什么时候我需要它，它总在那。它多半时候性格沉静，最喜和我散步，去与朋友玩至尽兴处很晚才回，朋友不必送我，有阿黄跟着，竟没有一丝害怕了。天冷的时候它也不在我的屋里睡，似乎它要保持它的独立似的。有一天夜里下起了大暴雨，我听到了它爪子抓门声，放它进来后，它在屋角的一个地方打了个圈，我知道那是它的地皮儿了，于是在那儿垫了块厚纸板，它便睡下了。这似乎是记忆中唯一的一次它向我求助。

我回家时，它便会去我好友那儿寻吃的，好友见它便如见我般，自会喂些食物给它，它照例晚上便替好友守家，我一回来它便又守在我门前了。

它病了却不愿打针吃药，看它嘴角流出了白沫，担心它会疯，于是把它拴在了一棵大树下，殊不知我又一次以人的思维来忽略了它本真的狗性，它自由的秉性受到了束缚，它固有的野性爆发出来，没有力量可以阻挡，它狂吠着，一次次地向外冲击，我原以为它已奄奄一息的体内还贮藏有这狂怒的力量，它情绪激昂，我不敢走近狂怒的它，我看着它愤怒的目光，温柔地对它说话，它终于缓和了下来，毕竟我们已相伴三年，它还是认我的，我能轻抚它的额头了。它平静下来之后，我放开了它，这样一个不屈的生命，我又岂能用一条链子把它锁住。我知道它只做它自己，它不会听命于我的。

它在我门前晒太阳，日渐一日地昏睡，不再进食了。带它到兽医站打针，兽医却近不了它的身，喂药也不吃，我忧心忡忡地看着它，不知它的病情会如何发展，一旦它发起狂犬病来咬了人，那可真是人命关天的事了。只是这样的时候它不再外出了，整日与我相伴，只是它只能无力地抬起眼皮看看我，尾巴也摇不动了。

杀它的时候，我躲开了，我心里难受，一来我不愿看它痛苦的模样，二来怕它得了狂犬病，我只能这样。

它不再躺在我的门前了，不再有它的相伴了。只是事隔多年之后，我总觉得我当初那样扼杀了它的生命，就像一块重石压在心口，总不能释怀，它是那样地信任我，那样地保护着我，可为什么我还会夺去它的生命呢？它也不会想到是它的主人杀了它。

我也在问自己，当初我那样残忍的真正动机是什么？我为什么没有再想出更周全的方法来挽救它的生命？比之于它为我所做的，我会深深地怀念它，而它，会在天国怀念我吗？我想我不值得它的怀念的。

我想我还是没有把它当一个同等的生命来看待的。它是狗，我是人——万物之灵？可我的人性中贮藏的是自私和残忍，没有尊重它独特的生命的权利，而它的生命不再来了。

我 的 小 喜

　　人过了四十，我的小喜便低到了尘埃。

　　不再敢对生活要求些什么了，除了感恩，你还活着之外，相对于身边那些离去的人，你还能享受到每日的阳光，看到眼前存在的万物，这便是我的小喜了。

　　匍匐到了尘埃之下，我的小喜才是随时随地为我而开的。

　　除了对生命还能活着，充满感激之外，我便唯有万分珍惜了。这样一颗心，便不再抱怨什么了。除了感恩生命，你还能做些什么呢？

　　悲与喜本就是生命存在的两极，生命如草芥般，卑微而又高贵，脆弱而又顽强，它就是这样两极对立而存在着。人过了四十，是更能理解生命的卑微，更能理解生命的脆弱，生命更如风中的烛火，随时有可能离去。不再是青年时期的豪情万丈与激情满怀，更希望生命是涓涓的细流，绵长不绝……

　　在活着的每日，简化着生命，生命回归到每日里的一钵食，一更衣，茗茶，焚香，以参禅的心境珍惜着每寸光阴，实在是余生真已不多矣。

　　我随了我的小喜，每日里一睁开眼，心境是静的。活着真是一种平淡，如能在平淡中领略一番美好，察人观物，便带了份赏识，心境一旦转换了，心中的暴戾之气便荡然无存，平凡之物在一双赏识的眼中，一颗感恩的心里，便欣欣然起来。

于是，随处皆是我的小喜，我的小喜既卑微便易得：清晨，洗茶之后，闻一口茶叶的清香，心下的满意便已足；下班之余，约了两好友在球场上挥拍，满身汗水之后，洗了澡洗了头，浑身所有毛孔全舒张开了，只觉真个畅意无比；静下心来，拨弄着我的古筝，多日不抚琴，不期然之余竟把摇指已练得均匀悦耳了，甚求之不得，无意却得之，幸哉！每日随处皆是我的小喜，只需纳了我的现实，与我的现实和平共处，在我的现实中做些力所能及的改变，这样的一生又何尝不是一种幸福呢。那些鸿篇巨制，高不可及的理想，它与真实的人生又有着多大的关联呢。它除了戕害我这些小喜，对于我的现实它能起些什么作用呢。

我只知我的每日皆由小喜组制，我安享着它们给我带来的心安与气顺，也许，这是人过四十的些微醒悟吧。余生不多，没理由不好好珍惜之，幸甚！

阳 台 一 隅

阳台是我的半截自然，为何这么说呢？缘于我住在六楼，接不了地气，阳台也只是伸出屋外的半截自然，但正由于这半截自然，却比房间里多了些许清风，我置了把藤摇椅，在阳台角随意种了些植物，阳台更多了些光照，它们便蓬勃地长起来了。

它们是勃勃生机的，绿绿的生意，只是它们也没法子与大地相接，只给了它们少许泥土，好在它们不挑剔，就着这些泥土便都快意恩仇般地自顾自疯长起来，为我营造出这半截自然来：凤凰蕨这几天刚标出三支新芽，每年它标出新芽来都是很值得期待的事，起初这新芽尤其的嫩，它排列整齐的细长条叶片蜷曲成一个个绿色的问号，一天天地舒展开来，起初这舒展开了的叶片摸上去也还是软的，生命的起初似乎总是羸弱的，但这羸弱终会变得强壮，再过几日，再摸这叶片就已是硬的了。它终于摆脱了初时的羸弱，几日时间，这三支新芽的成长就像见证了人类的婴儿至成年时期，这过程看着真让人欣喜。三支已长大的枝条是嫩绿色的，原本的四支老枝为墨绿色。七枝蕨片撑在一起后像把绿色的伞，我的摇椅便在它之下，有点像在树下的感觉了。

爬山虎也是疯长的，常年不用理它，它总是自顾自地长。况且它的藤条上原本就长着无数的细脚，每支细脚均有三支脚趾，它们牢牢地攀固在所附之物上，因而它们可以在墙壁，天花板上一毫米一毫米地往前行走，或者又从晒衣的铁线上垂下，因而，藤条垂蔓，这半截自然它也立了不少功。再就是吊兰了，给点阳光就灿烂的家伙，放在阳台便格外长得壮些，叶片也正是绿得油亮的时候。我全是依了植物的习性由着它们自由自在地生长，每日，我只是看着它们的泥土干了洒些水，再或是叶片脏了，用洒水壶喷净灰尘，于是，它们全都投桃报李般亮出它们旺盛的生意每日与我相伴。

傍晚时分，有清风徐来，四扇窗的阳台，天边的云霞便成了这半截自然的幕布，有时，躺在摇椅里，抬眼窗外，不知何时，便是满天的云霞，阳光也来晕染，一转眼，这天幕便换了背景，又成了深邃的蓝了。远处的青山上，有母亲的坟头，每每这时，总感觉母亲换了一种方式在陪着我。我越来越接近母亲的年龄了，在我受了许多苦之后，回想母亲这一生的苦，我到了能理解她的年纪了，可母亲却已不在了。生有限，死却永恒。

这半截自然，可以让我在这里宁神静气，越来越不喜欢热闹了，独处的光景里，思绪也是安宁的。时不时，小白，小虎，大宝，二宝的几声啼叫，小白有时会自个儿偷溜出来，在花盆里下了个蛋，它又自个儿回它窝里了，它又在孵宝宝了。

"若无闲事心头挂，便是人间好时节。"这半截自然，倒为我梳理出一片宁静来。人世间的事，不求了，便都释然了。

冬日暖阳·市井

　　周四我把它定为了周末，由于补课，多年来已没有真正意义上的周末了，反而会比平时课更多些，于是课较少的周四在我心里就被定成了周末，早上第一、第三节后余下的时间全归自己支配了。可爱的周四——我的周末。

　　可这样的周末依然是找不到玩伴的，好在我是个很能独乐之人，一个人也是能饶有趣味地做很多事的。一年中又到了我最喜爱并珍视的日子了，这种日子最值得珍视的是它的暖阳，天渐寒了，阳光于是变得格外可爱起来，这在炎夏里让人生畏的烈日与这渐寒的冬日组合在一起，就愈发可爱了。

　　我很享受这样的暖阳，懒洋洋地，信步沿着长长的河堤而行，心情宁适，冬日暖阳下周遭的一切变得熙熙攘攘起来，变成了一幅印象派的市井图，那番热闹有点类似于清明上河图。

　　河里时不时地有群群鱼儿在欢畅地游弋，只把只俏皮的鸟儿停在河中不远的石头上与你对视着，很奇怪地我总感觉我与这些生灵能有某种意义上的相通，如与它对视的这几秒里，我能感受到它的愉悦与欢欣，它跳动时的轻盈亦能在我心海酿起莫名的欢悦来，放眼望去，暖阳下的远山，楼台，桥梁，路上来往穿梭的行人与车辆构成了一幅火热的世俗生活画卷。芸芸众生每日里就在这样的场景中奔忙着，但每个人的心里是否都能感受到这样一轮暖阳？能否停一停脚步，缓一缓心情，留取这番闲适，安享这真正意义的生命之乐呢？

走过了菜市，俯望下去，看到的是朵朵撑起的遮阳伞，遮阳伞的空隙处我看到了摆得齐整的鱼儿、鸡鸭、果蔬，或青翠欲滴，或状态各异，菜市是最能反映人间的烟火味的，把这些各异的食材做成佳肴送到家人的口中是上菜场来的女人男人的一大乐事，于平常处寻觅生活之趣。

有的摊主把孩子背在背上，照点着眼前自家的蔬菜，从下种到收成，播下汗水收取成果，虽少，想必她看着自家青翠欲滴的菜蔬，换得来不多的几个钱，心里也是高兴的。生活总在最平凡处见真情，这一种一收里生命之乐已昭然。

双虹桥头上，有几位老人在摆卖自家做的绣品，我细看着一双红色绣花鞋，细细均匀的针脚细密，花儿是很传统的壮家花卉，民间的东西总是充满着火热的生活味儿，浓郁香烈，自然朴实，这让我想起记忆中的藏族民居，色彩之浓郁与热烈传达着主人的热情与好客。壮绣亦给我这样的感觉，在细密的针脚处我能感受到老人的安详，再看看老人脸上同样细密的皱纹，岁月的留痕在老人的脸上却更能体现作为人的从容。这让我想起逝去的外婆来，其实在这样的暖阳下老着，静静地观望着这芸芸众生熙攘的尘世，亦是多么幸福呀。

暮色已四合，路人匆匆的脚步都是往家赶的，观望了一天的市井图卷，我亦得回到我的住处了，虽没那么多的烟火却很能让我安适，别人火热的生活亦能感染起我来，只是活着就已是多么美好啊。

欢　歌

　　虎子是我养的一只绿色虎皮鹦鹉，本来一共养了四只，其他三只越狱逃跑了，我把它放在阳台，开着窗，希望虎子能用它的叫声唤回它的同伴。

　　有好几回，我分明听到了许多只鹦鹉的叫声，心下里窃喜，它的同伴回来了，一到阳台，仍是只看到虎子一个在那，难道刚才那些热闹的叫声全是虎子独自发出来的？

　　来回几次之后，我不再上当了，我知道那些各自迥异的叫声全是它独自发出来的，且乐此不疲呢。对于鹦鹉的口技心下里便甚是叹服起来，鹦鹉能学舌确实是有它的根据的。它分明就是一位高明的口技表演大师呢。它能发出各自迥异的叫声，一呼一应，还有各式各样的伴奏声配合着主唱，虎子一人在玩转一个鸟儿乐队。躺在床上，听着虎子的乐队演奏，它用声音把我的阳台虚拟成了一片"百鸟齐鸣"的森林，本来见它独自呆在笼子里总为它觉得孤单的，听着它的欢歌却分明就是欢快异常呀，它是个会自行营造欢乐的精灵。

　　每日里总有虎子的欢歌相伴，无论发生什么，它的欢歌总是不断，小小一只鹦鹉就能独自玩转快乐，它行，难道我就不行？

碎 碎 念（日记摘选）

一

爱情是件易碎品，要么小心翼翼地捧着，要么一地破碎。对于爱情的感觉很像我读初二时配的一副副眼镜，每次一得到新的眼镜，我心里想着的便是它何时会碎，对于它必然要碎，我心里总是充满了担忧，一旦碎了，心反而安了。于是一次次地重复着，每次我都小心翼翼地守着它，但总在某个不经意的时刻，防不胜防，它义无反顾地碎了，好像碎是它必然的命运似的。后来，有了树脂眼镜，我的担忧才彻底消除，但这样的担忧却转化到了每次爱情上，无论如何地在意，却总会在某个不经意的时候碎了，一地的破碎再也无法收拾。

二

人的情感，要么太悲，要么太乐，在这两极之间的平静，人又觉得太无趣，情感之于人，可有还是可无？益还是害？情感之于生存并无太大关系，并非为生存所必须。但凡尘之你我，皆中了情感之毒不能自拔，纷纷为情减了寿。

三

"人是好了伤疤忘了疼的"，正是这一点能让人不痛苦。如果我们不秉持着这样的天性，那么所有的疼痛加起来，我们早疼死了。

四

故事赋予了时间以内容，本来时间是空白的；但时间却赋予了故事以生命，以过程与结局，本来故事是静止的。时间给予了故事以答案，本来故事是没有结局的，也没有答案。本来故事只是故事，时间也只是时间，故事与时间加在一起就成了命运。而且是人不可掌控的，人在时间里等待着答案，时间慢慢地走着，全然不关己，却唯独它成了独一无二的总裁。

五

其实人的降生是苦难的开始，一开始既已注定。前半期生活在自创的梦想里，在这梦想里有一些形而上的东西让人认不清现实，在梦想里人的心灵倒不会很苦；后半生生活在没有梦的现实中，人的心苦，现实是无法超度的。

六

人们常常把生死当成大事来看。因为人不知道从何而来去往何处。人的轮回便有了更深的意义，其实它的结论是：死亡是种态度，认识生命是种自然的态度，觉悟到我不过是自然的一分子。有这样的觉悟我再回头看我们生命的本质就可以做到：用出世的心看待一切，用入世的心处理生活中的一切；再用出世的心去感化自己和别人。其实道理很简单：一是觉悟，二是快乐。觉悟是你自己知道你是什么，是自然的一部分，随自然而变化。无论你是什么状态，无论你什么样的心情，哪怕你在最忧愁的时刻，你的一切（行为，思想，还是生命的本质）都是自然的一部分，不论它如何变化都是按其本源的规律变化。第二，既然你是自然的一部分了，它所有的状态都是正常的，你就没必要再执着内心的那点东西了。心再大些，眼光再长远些，在和煦的阳光下看自己可爱的笑容。这样你就往前走了。一切都是在回头看过去时笑了。所以你可以平和地快乐了。

七

一切随缘吧，缘起或缘灭，谁又能定呢？我们只不过都是红尘中的一粒子，所能做的也就是调整好一个好心态，对人对事宽容不计较，比之于生死，这尘世还有什么又值得真正计较呀。

八

我一直在逃避自己内心深处的一些东西，当月凉如水，夜静人空，抬眼望去山凹处仍是那一晕弦月时，我不绝的伤感突袭而来时，我依然是这样溃不成军的。我依然会在这一片巨大的空茫当中想着悠远的来世与今生，想起母亲生前所说的所有往事，像过电影一样，在眼前浮现，而现在我只有在往事中，在过电影中才能寻到母亲的踪迹。

九

新的一年里，我一无所有，很干净，我腾空了心灵所有的角落，不再让往事占据任何空间，我只想这样空空白白地往前走，不想再回头，过去的都已只是云烟，不再与我现在的生活有什么关联了。生命中很多时候都会回到一无所有的起点的。所幸的是，你仍然还是你自己。

十

生命是一种残缺，这种残缺感是我在二十七岁那年开始有的。那一年，父亲过世了，我第一回经历了最亲的人的离去。后来，这种生命的残缺感就一直挥之不去了。后来经历了许多事，这种生命的残缺感越来越强。关于生命的无忧与快乐感就不大有了。人明白这个之后就不会再有真正意义上的快乐了。

有时这样想着时，就觉得自己甚至有了参禅般的悟道，对于生命的残破、缺损总会心痛难耐，继而会产生万般皆空之感。佛说色即是空，空即是色。感觉到了这种残破之后，色即是空了。这种空缺和残破总让我把握不住什么，让我安于失去，也让我不曾拥有什么。

如果说二十七岁之前所有梦想会失落，这些失落本质意义上都是属于尘世间的，是入世中的纷争，是滚滚红尘中的波涛汹涌，那么到后来对于生命的残破感却已是出世了，这尘世不再纷争了，因为这种纷争也是无意义的。这尘世到了这时候随时随地都可离去，这种对于生命的残破感竟让我觉得没有什么是放不下的。

　　我本质意义上是个十分慵懒之人，同时，对人对物又看得很淡，而我的世界又非春暖花开，生命有时只像炉膛里微弱的火星，加之这时时时挥之不去的残破感，"春风得意马蹄轻"的猖狂实在是忘却了来路与去路的空无与残破。不过每个人都背负着他这一生所必经的苦难，只是这种空淡能淡化掉那必然的结局，而这种猖狂却未必能持续多久，反而会加大与空无之间的差距。

　　这时候构筑的多半都已是废墟，某种意义上说，废墟上长出的花草曾美丽一时，我们又如何抚慰在这种残破感中挣扎着的魂灵？女人是能躲藏到俗世中的快乐当中的，安于生命原本就有的愉悦，斤斤计较于尘世的得失倒也不乏其乐，这样的女人是纯生命本身的，但一个没有家没有孩子的女人却无法从女人本身的生命当中获得这种安乐，那么，这种残破感就伴随着她。

十一

　　南方的春天湿润而缠绵，而冬天微冷的空气中，在十一、二月份时，会有异常明亮的阳光使之温暖起来。这通体的明亮的阳光在这样微冷的空气里让人心痛，这样的阳光，让人感到不忍让它就此一寸一寸移逝；这样的阳光，让人无比地贪恋这多愁多忧的尘世。而我每年总会在这样的时候，在这样的阳光下，格外地感到时光轻巧的脚步是怎样悄悄地一步一步离我而去，时光这样轻巧的脚步就这样一样样地带走我们的所有。这样温暖明亮的阳光却总是让我如此心痛，在这样通体明亮的阳光下心该像个新生儿般，可我办不到，这样的明亮美好总让人想到它的易逝，想起了樱花飘落时的凄美，原来美的东西都是让人心痛的。

十二

最后的结局就是这样：
大雪那件死神的白披风里，
牧人总是鸟一样地飞出，
并且总唱着自信的歌。
牧人发亮的眼睛是生命之井，
永远不会被坚冰封冻。
寂寞是美，孤独是美，悲怆是美。

十三

这次爱情，是我用心灵的净土繁殖的最后一棵爱情的幼苗，它原本那么纯净，一尘不染，我用爱之琼浆浇灌之，用我心灵最初的纯真来培育它，原本希望它能比我的生命更为久长，可以地老天荒，可以纯出天然，可以温柔天真，可以隔开尘土，在喧嚣中辟出一片净地，寄养我的灵魂。

十四

会跳舞的茶，原本已干枯千年，一旦丢进沸水中，却能盘旋并跳起舞来，沸水中的舞姿，决绝、凄厉，却真的有种不可思议的美感，跳过舞过后，便又重回它生前的模样了。

十五

其实能解痛苦的不是快乐，更不是超脱，而是麻木。只有麻木才能解除痛苦，麻木是小人物最常用的招数，小人物无暇去思想，求生存的本能可以使人麻木，于是在麻木中痛苦被缩小了，也顺便把小人物从悲苦的情绪中缓过来，才可以继续生存下去。"当爱已成为过去，往事不要再提，人生已多风雨，纵然记忆抹不去，爱与恨都还在心里。只要有爱就有痛，将往事留在风中"。

十六

让我们痛苦的不是痛苦本身，而是我们的感受。如我们能自如地调节我们的感受，我们仍然可以做个快乐的人，或者我们可以没有感受，亦不会痛苦，但没有感受，我们就无法感知了，没有了感知，活着和死去便没有区别了。

十七

错肩，是擦肩而过时，我回眸的刹那，你没有回眸；而当你回眸时，我已含着痛苦望向前方了。只因你没有回眸，我便没有停下脚步；只因我没有回眸，你便没有赶上来。

十八

生活是公平的。得与失也是相伴相生，是平等的。之前你有过多少的幸福，之后你便必然会有多大的苦痛。这一点儿也不假。先前巨大的幸福之后便是加倍的苦痛，明白这点之后，便不再觉得有真正纯粹的幸福，幸福之时总在想之后的巨大的苦痛。造物主凡事总是要偿还，不会让任何人占什么便宜的。

凡人你我等等皆在斤斤计较这点得失，焦虑得寝食难安，实在不必的，造物主的法则早已定下来了，多占的多抢的必然又以另一种形式收回去了。

当你苦痛之时，不要抱怨些什么，只因为之前你饱尝了幸福；幸福之时也必然会想到之后该有的苦痛。一切接受了造物的安排，顺应所谓的命运，反而是能让人安适的，只要生命还存在着，这法则就依然有效，人世间又还有什么不可接受的。既然苦难已成为一种必然，我们的心为什么却如此难以承受？

我赞赏一切的抗争，努力，但同时，面对必然的苦难，抗争之后安然的接受更是一种豁达。

十九

生命来之极为不易，成长也是一个漫长的过程，它的消逝却只有一秒钟，这不由得我不想，思考，这一秒之后，便是长长的黑暗了。无人得知之后又还能怎样，每个人头上都悬着这把剑，到底要怎样过这一生，才能在这一秒过后，是真正的无憾。

二十

如我能安然地接受我这孤独，我的心就能平静了。孤独是生命形式的必然吗？我觉得孤独是缘于我曾有过的知己，缘于我曾有的不孤独吗?

　　这样的孤独也不是我想要的。

　　但多年之后,这样的孤独反而是我最想要的了,觉得孤独才是生命必然的、永恒的常态。一沙一帝国,一人一世界,生命里的旁人反而皆成了配角或是过客,在由自己谱写的这本书里,我成了永恒的主角,以我的生命的存在和结束作为这本书的开篇与结局,于是我珍惜着每一分独处的好时光,毕竟每一个日子都弥足珍贵不可复来。尽可能地让自己这本书有更精彩的内容。

随 遇 而 安

　　随遇而安该是一个人对自己内心的一种妥帖的安置吧，与自己的内心相容，让自己随时都能处于一种平稳的心态当中，以这样的心态无论处于何种境地，皆能化腐朽为神奇了。

　　极喜欢看三毛的文章，她是个极其聪慧灵秀的女子，对她的离去我有一种直觉的理解，对她的了解并不多，做不出很客观的评述。同作为女人，对她的自行离去，却有一种相通的领悟，经历了荷西的爱情之后，三毛的孤寂在这世上怕是无人能解了。当这样的孤寂在三毛看来怕是已成为永恒时，生存于这尘世，三毛不可能再做到随遇而安了，这种对情的一味执着是真性情的女人的一道致命伤。当这世上不再有任何人能替代荷西的位置，心灵里的这片永恒的空缺与遗憾，会造成三毛活着的无意义。在她内心里，三毛无法做到与自己内心的巨大遗憾相容，她只能以死来了结这种遗憾时，她的自行离去便是可以理解的了。我想，她对情过于执着，情是她全部的生命，情没有了，生命自然也就去了。

　　还有海明威，老舍，海子这些自行离去的人，海明威执着于他的才情，他的创作，当他再也写不出文章来时，他的生命也结束了。老舍执着于他作为人的尊严，当他作为人的尊严在被肆意践踏下不复存在时，他用生命来维护了他作为人的尊严。海子的不容于世，不如说他不容于己，他无法在平庸里安享生命的乐趣，但他其实又达不到他所想要的辉煌，这样的内心冲突同样会导致活着的整体无意义。

有位同事，多年前爱上了他的学生，倾其所有供那女子读完大学，那学生却与别人结了婚，后来那位同事也草草地结了婚，有了女儿，心中却实在咽不下这口气，也许在心里却始终放不下那个学生，也许是从此对生活再也没了热情，始终抑郁于此，终日喝酒，不到四十就走了。我一直在为他惋惜，他如能解开心结，他的生活本来可以过得很好。

过于执着与忍受不了幻灭的人是做不到随遇而安的。过于执着的人能达到他的目标自然好，一旦达不到，却只怕就是悲剧一场了。幻灭对于执着的人来说同样也是一场灭顶之灾。这样的幻灭于我，在高中毕业时就存在了，那之后的很多年听到高考二字都会感到遗憾。后来，生活转变了很多方向，这种幻灭感才渐渐消失了。

我又想起了另外一个朋友，初中毕业时考入了地区级重点高中，由于家贫只好去读一个县级的师范学校，早早挑起了家里的重担。一棵本该长成大树的苗子被拦腰折断了。这也一度成为他心里的伤，他是个很勤勉的人，面对现实他安下心来，通过自己的努力圆了大学梦。在爱情上他也是屡遭挫折，只是他能放下，每一段恋情他都真心对待，最终有了个真爱他的姑娘。他是很能安于他现有的现实的人，不悲愤，不挣扎，与他的现实达成和解，我欣赏他这种无论处于何种境地都能安享生命的随遇而安。

我更欣赏的是随遇而安的韧。这种生命的弹跳力让我们的生命在各种灾难面前更坚韧。两性当中，女人怕是更具韧性吧，尤其是做了母亲的女人。我的母亲就是一个极好的例子，她们那一代人经历了物质与精神的严重匮乏，却一直很顽强地生存了下来，母亲这一生的命运多舛，母亲始终能在各种艰辛和磨难面前随遇而安，又能在逆境中不屈从命运的摆布，始终抱着一切会好起来的信念，在各种困难面前始终努力而不放弃，一直到生命的最后一刻。

我对随遇而安的诠释也是年迈的外婆面容安详地在堂屋剥花生的身影，一生遭遇的坎坷都化为了平静安详，像平静的海平面，一切的汹涌暗流都归于了平静。知其可为，也知其不可为；幻灭是一种必然，不如意者常八九，安于当下的现实，改变能改变的；对于不能改变的，随遇而安，在幻灭当中，挖掘出别的意义来。在平稳的心态中，用一份好心情寻找并安享我们宝贵的生命里有限的快乐，不是更好吗？

随遇而安即可心安了。

生活在此处
——春花与傻大兵的俗世生活画卷

自十八岁起，奶奶就老在春花耳边唠叨："丫头，你嫩嫩地嫁了。"可春花愣是把自己整到三十岁也还没把自个儿给嫁出去。

春花先是受了琼瑶阿姨"唯美派"的迫害，满世界寻找那位不愁柴米油盐只懂"风花雪月"的王子，继而又中了三毛流浪派的浪漫蛊惑，总以为生活在别处，就从没打眼瞅一瞅身边的青蛙们。

眼见着短得像兔子尾巴的青春溜得没了踪影，春花好歹总算遇到了她的青蛙王子——傻大兵。

一

"我叫春花，这名儿初听很俗，其实特雅，春花烂漫抑或春花秋月，都是挺雅的吧。""我年纪比你大，在东北当了五年兵，以后你管我叫老哥吧。"傻大兵高大，长得也还算帅气。

——春花画外音：还老哥呢，充其量也就一傻大兵。

——傻大兵画外音：这人怎么脑筋这么有毛病呀。

二

日子过久了，针尖开始对上麦芒。一日，春花刚洗了头，傻大兵闻着不对味："哎，你用的什么牌子呀，怎么闻起来是股牛屎味。""你这人怎么这么说话呀，你就不能换个词儿呀，那是田野的芳香嘛。"

——春花画外音：特俗！

——傻大兵画外音：穷酸！

三

傻大兵被春花的文学细胞浸淫久了，"近墨者自然黑"。一日傻大兵下乡至夜里 11 时尚未回，春花异常担心，电话嘘寒问暖几声："冷不冷？吃饱了吗？""一直堵车呢，吃得饱饱的了。""吃的什么呀？""西北风呀。"——哈哈……

——春花画外音：这傻大兵不傻呀。

——傻大兵画外音：这傻妞儿还挺知冷知热的。

打那以后，每逢傻大兵下乡，在车上，总有春花装的两个大粽子，西北风可喂不饱她的傻大兵。

四

在柴米油盐的俗世生活里，春花一直刻意地用文学拉开一段与生活的审美距离，并振振有词："文学来源于生活，但又高于生活。距离才能产生美。""得了吧，我又没嫌你不会弄菜，没嫌你分不清谷子和老糠。"

春花是县里业余文学创作组成员，时不时地被主席逼她一两篇稿子，急得发狂时，到处找灵感，有时不免向傻大兵唠叨个没完，傻大兵听得烦了，起身就向阳台走去。"干吗去？干吗不听我把话说完？""烤腊肉去。""就这点出息，就当你的腊肉王子吧。""饶了我吧，腊肉怎么看也比你文章好吃。没我腊肉王子，你喝西北风去。"

——春花画外音：真没趣，高山流水知音难觅啊。

——傻大兵画外音：原以为娶个文化高的老婆是好事，谁知却是这么个五体不勤，满脑子空想的老婆。人常说酒喝高了人会犯糊涂，没听说书读高了人也会犯糊涂。行，只要她乐就中，由着她吧。

五

"哎，过日子嘛，就是要平平淡淡。"春花总结出了3条婚姻法则。"都是些啥呢？""第一，一起吃饭；第二，一起睡觉。孔子曰：食色，性也。这两条是最根本的。第三，一起生病。就是任何一方生病，另一方得照顾着，感同身受。这第三条嘛，不是所有人都能做得到的。""前两条举双手赞同，后一条严重不同意。你与我在一起，开开心心的，就不会生病了。这也是有科学根据的，人心情好了，免疫力就高，免疫力高了自然就不会生病了。"傻大兵摸摸春花的头，语意里含着无限的爱怜。

——春花画外音：他不知我是如此害怕离开他。

——傻大兵画外音：她尚不知我是如此怜她。

春花与她的傻大兵每日里就这样在属于他们的生活画布上涂抹着五颜六色。柴米油盐，锅碗瓢盆，打打闹闹间，把这俗世里的生活过得有声有色……

小 城 夜 色

在这小城已生活多年了，十二岁时就在这读书，当我远离它时，我并不思念它。我记得曾说过想念它的一句话是："我们那放眼所及之处全是绿色。"这小城是在云贵高原的边缘，属于山地地貌，嵌于莽莽群山的腹中，地形狭长，滇桂线，南昆线穿行而过。

自小随父母而来，算不上与这小城有什么缘分，却发现自己定居于此了，有了自己的房子，在心灵上却始终找不到一种归宿感，我们家族的一支就落地于此了。父母走了，余我们兄妹五人在这儿，哥姐都已在本地成家，事业也小有成就。我不知他们对这小城的归宿感是怎样的。姐的感觉我是知道的，她不觉她是本地人。

这小城的好处是气候适宜，空气新鲜，怀念在乡下的时候，晨起在雾气中，群山洗过澡之后的新绿，披着轻柔的薄纱，羞答答的样子。记忆中有这样景象的时候是很多的。

大山莽莽，登之不尽。有时就感觉，高耸的群山重重阻隔，目力所及处没有文字里所说的地平线，山不是平的，它是起伏的。每日里日升日落，春去秋来。有时，我总是喜欢抬眼观望群山在蓝天下的雄姿，它每个时辰里不同的面容，在光中，在雨里，在雾中，雷电交加下，它似乎是不变的。

　　在这小城里，我仍是个过客。一个地方，你深入它，你融入它，你怀念它，那么你便可以以这个地方为归宿。但我对它始终没有这种归宿感，于是我觉得很悲哀。母亲在时，我想念的是母亲，母亲在何方，家便在何方。一度意义上的归宿感是来源于母亲的。

　　像我这样的人，是风筝，飘来飘去之后，就不再有方向了。来路已一片迷雾，足迹已无法观望。我羡慕父亲对家乡的向望，他那一代人把故乡当做根，生在根正苗红的年代，十六岁的少年离家，知天命之时，他的心会归宿到他童年时的故居里，他的语言，他的行为方式及思想都带着家乡的烙痕，他有一种认同感，这从陪父亲回老家时感觉得出来的。他有很多故旧，对于那个叫故乡的地方，他就像一个远离的楔子，一回来了，契入它原有的位置，一切就都吻合了。

　　我找不到这样的契合点，至少像父亲这样的感觉我不曾有。在这山里的小城，在父亲的老家湖南，母亲的老家柳州我都找不到这种认同感，我远远地被隔离于生活之上。这种认同感来源于各个方面：语言，风俗，习惯，更多的该是一种意识层面的东西，一种思维方式。

　　我是个能把生活过得很零乱的人，包括我的思绪也都是杂乱无章的，这也许与我的个性有关。也许是多年这样得不到认同的感觉吧，我的心更为迫切地想要找到一个归依，一种能让我心安，心静下来的地方，一个我可以称之为家的让我不再有飘荡之感的地方。这样一个能让我得到很多认同的地方，也许这地方是一个很宽大的怀抱吧，能包容我的一切。

　　一度想离开这小城，是源于不经世事的自己在青春期里所受到的一种莫须有的误解。身正不怕影歪，我的身子是正的，影子却歪得出奇，它已是一种变异，却歪曲成了我的面目，不管我接受也好，不接受也好。不喜欢这小城是源于青春期所受的这些伤害。我想离开它的念头更甚些。一个有着不同想法的人会被一种看不见的却真实存在的意识所操控，这样的意识多半是有着猥琐的面目的。我一直未曾被它所同化，因而我便成了异类。这样的异类只能是孤独的，我多年前一个离开此地的好友曾说过永不会再来这个地方，我能理解她说这话时的决绝。

一度离开它时，我感受到了一种脱离束缚的自由，我才发觉自己被这小城的思维禁锢得太久。也许我接触到的那个地方实在太小，当我对着那样的一个古朴的村子发出书生气的慨叹时，为那梦中的田园诗画所陶醉，我的学生会冷不丁地说这家人有人在外当官，村子里的人少不了要巴结他，那家人又如何落魄，没人瞧得起时。我又一次发现自己走得离现实太远了。

有时候夜色里，站在窗前，远看去，万家灯火里，却没有什么是与自己相关联的，便觉人本质意义上都是孤独的。无论处于何地，每个人的内心深处都有某种程度的孤零吧。思绪再往上升，便是这小城，这小城孤独地嵌在群山腹地，这群山也孤零地耸立在地表，而地球在太空只是个小小的孤独的星球。

人类又去何处寻求这种永恒的归依感？

约 会 自 然

　　进到山林中，闭上眼睛，你整个身心便浸入到自然中去……

　　从喧嚣的世界脱身而出，但耳畔仍留着市井的嘈杂，心里烦事缠身，来到林中，一下子就静下来了，起初这静仿佛什么声音都没有，待你闭上双眼，自然的声音便似一曲乐章般演奏开来。先是风，它是乐曲的指挥，树叶儿、小草儿随着它而起伏，似千军万马般奔涌而来。"哗啦啦，哗啦啦"又如潮水般向你耳边涌来，声音渐行渐大，终于把你淹没了。在树叶儿哗啦啦的私语里，山林万般寂静。你一动不动地站在林子中，闭着双眼，你能听到身旁有只小鸟儿八成把你当成了静物，在你身边啪啪地振动着翅膀，你甚至能听到它那细细的脚儿轻落在地上的声音，不一会儿，吱溜儿一声它便飞远了，一会儿传来另一只鸟儿吱吱一声应和，在这一唱一和里，传达着鸟儿们的欢愉。草丛里还有好多不知名的虫儿，它们也在唱着它们的虫之声，只是你听不懂虫语罢了，还有小溪流在静谧地吟唱……

　　这样的景象还需有着阳光的参与，冬日里的暖阳下，万物安享着它和煦温暖的照耀，怡然自得。

　　只是刚才在来的路上，在人类铺就的水泥路上，看到了一条被压扁了的小蛇，这个时候它本该在穴里冬眠的，却误闯到人的世界里来，它并不知人的交通规则。

我想起了我看到过的一幅图片，一个英俊的年轻的西方绅士，闭着双眼，神情悲悯，一只小豹子也是闭着双眼，亲吻着他的脸庞，看到这图片的一刹那，年轻绅士与小豹子之间的情深意切跃然纸上，原来年轻绅士是来把小豹子放归自然的，他们在做最后的告别。小豹子一定很留恋他主人所代表着的人类世界吧。

要是这万般寂静的山林中加入了人这种动物的声音，会是一种什么样的感觉呢？可是我害怕，我害怕听到河里炸鱼的声音，怕听到林子中的砍伐树木声，更怕听到"呼"的一声枪响，更不愿听到应声倒地的动物的哀鸣……人不断地侵入到自然界中去，妄想着做自然的主宰，却忘了我们自己本就是自然之子。

与自然的约会，以一个感受者的身份，加入到它们的世界中去，那个世界是那样宁静、和谐，安宁有序，但愿那个祥和安宁的世界不会因你我的加入而改变，我们是自然之子，循着它的自然之道，让我们温柔地回归它的怀抱吧……

吾家有鸟初长成

大贝二贝是我家虎皮鹦鹉自己孵化出的小崽崽，它们在成长期里的一天相当于人类孩子的一年，大贝在十八天时就呈现出人的十八岁样子，长成少年模样了。二贝小它四天，还处于婴儿肥时期。看它们年少稚稚拙拙的模样总让我心里顿生爱怜，只想好好爱护它们。经历了它们的出生，萌长，成鸟的过程，从一个小小的肉团到小小白绒球及至渐出彩色的翅翎，仿佛也陪它们走了鸟儿一生的路程。生命的启来、由去竟也是一样，甭管你是一个人抑或是一只鸟。

大贝只不过大了四天，二十三天的模样就已是精灵灵了，欲把它拎出巢来把玩爱怜一番，想不到原本笨拙蹒跚的小模样竟羽翼趋于丰满了，吱溜溜竟朝巢深处遁去；至逮着了它，它的爪却牢牢地勾着巢，不欲来我温暖手心了，它小时候原本喜极了我手心里的温暖。

我知道，它不属于我，我只不过暂时养护它的生命一段时日，它完全属于它的妈妈小白和爸爸小虎，小白从产下一个蛋开始日夜孵化二十天，从小肉球开始一口一口喂大。我这鸟婆婆横刀夺爱，纵使满心里全是对它们的爱与柔，也进入不了它们那小小可爱的世界里，它们留我独自作为人，孤独着，它们之间的爱与呢喃帮不上我的忙的……

阳光下，我把这俩小绒球捧在手心，大贝小小的嘴轻轻地叮我虎口处的软皮，麻酥酥地生疼。它黄白相间的翅羽，白绒绒的背，天生一副俊俏、明艳的模样，整个身子主色调是春天里的那种嫩嫩的黄，想必是个女娃吧。

二贝像个丑小伙，黑灰占了多数，小黑炭般，因有些丑样，更显得有些傻乎乎，笨拙拙的样子。比起大贝的俊俏来，我更喜欢二贝傻乎乎，笨拙拙的样子，因爱而生悲，在它很小的时候，就不小心从高处摔下来一次，总担心它落下个残疾什么的，好在它似乎承受得住。

每日里疲惫地回到家，再累也先去看看俩宝宝；它们能让我疲惫的心霎时溢满怜爱，怎么爱它们也不够。只是，它们再大些时，就不容许我再这样千般怜爱了。因了它们，我心里的世界变得美好；因了它们，舒解了我在尘世奔波的剑拔弩张；因了它们，我忘却了人与人之间固有的倾轧、欺骗、排斥和伤害。与它们一块，我的心不必设防，它们让我在一个柔柔的用爱包围的微小世界里与它们一道快乐。

女人与爱情

　　女人的一生中，爱情仍然是最绚烂的光芒。女人的一生或者说在心底里，每一个女人仍然还在寻找着她的爱情。

　　爱情之于女人，如花儿与甘露。也许在现实中，女人不一定都与爱情结成姻缘，或许有很多无奈，或许是姻缘里没有巧合，能与爱情结缘的女子，她的全身心里所有的愿望该是都已实现了吧，在爱情里的女子不会有什么遗憾了吧。

　　现实中的女子在柴米油盐中过着极平凡的日子，在这种庸常当中，女人的浪漫依然蛰伏在心底，只待有合适的时机，一旦有爱情来唤醒，女人会依然如飞蛾扑火般扑向那生命里最亮丽的光。不是所有的爱情都会带来甜蜜，有时这种类似爱情的东西更像是毒药，但女人往往便没有了辨别的眼力，爱情改变了平时生活的色彩，爱情给人带来的更多的是一种梦幻，一种高于了生活表层的幻梦的东西。

　　也许更多的时候，女人的爱情是用来珍藏的。

　　这样的爱情，在寻常距离之外，是每一个女人天性里所向往的东西。它之于女人，却是心灵滋养的一份儿必须，有这样一份儿爱情的女子，衣着是光鲜的，心态是淡定从容的。它不在现实中纠缠，却在幻梦里缠绵，而这缠绵的幻梦也是小女人似的，犹如江南水乡中氤氲着的水汽，滋润着女子的钟灵毓秀。因了这样的一份爱情，女人在自己的世界中越发呈现出女人味来。

　　只因为爱情之于女人几乎是可以与生命等同的。

菩提树下，拈花微笑

看过一篇短文，一个军官对一个死刑犯说："要么通过这道门，要么执行枪决，你自己选择吧。"这道门后究竟是什么，不得而知，或许是自由，或许是更残忍的酷刑，死刑犯最终选择了执行枪决。

过后，副官问军官："门后是什么？""是自由。"

死刑犯最终没有选择推开那扇门是有心理依据的：人对不确定的东西的恐惧更甚于已知的事实，哪怕这个已知的事实已是如此不堪。

然而，活在这世上，我们要面对更多的不确定，但人的内心却在寻求着一种确定。似乎处在不确定的环境，人便无法产生安全感。长期的不确定状态更会让人产生焦虑。比如病人的病情是自己无法确定的，所以病人对于疾病的焦虑比疾病本身更能加重病情。

那么，我们只能学一学放下，学一学在沙堆旁边玩耍的孩子，他除了眼前的这堆沙，此时，他不会去焦虑其他事的，而成人却更该如此。

凡事做好最坏的打算，不确定就不会让我们如此焦虑了，何况种种不确定当中总是蕴含着新的时机，哪怕即使是失败又能糟糟到哪去呢？难道还会比这因不确定而引起的焦虑更糟糕吗？

在不确定中寻找一份内心的恬适，似乎这更适合我们修身养性之道。

朋友，在种种不确定中，抛下千头万绪，安享一份内心的恬适。恬然地活在不确定当中，不是一种推诿，也不是逃避，而是一种大智慧。所谓的"确定"，"盖棺定论"，只有到此时，一切才是确定的。不再会有什么变故了，难道我们的心要到这时才能安静下来吗？想起母亲曾说的，"事情总是操心个没完，一波接一波，没有停息的时候。"母亲操劳的心从来得不到安息的时候。

古人有"处变不惊"之说，即在不确定中安享这份恬适，对人生抱着"抱残守缺"的态度，接受种种不完美，因为恰恰是求完美的心态破坏了内心这种安宁。脆弱的味觉总是去寻找着甜味，而拒绝其他的味，由此产生的不完美的感觉，败坏了人生的味道，挫伤了人的幸福感，没人愿意去尝生活的苦味，也没人把这苦味当成一种自然去接受，于是我们才会在苦味里淌泪。如能在不完美或破缺、伤害处建起自己坚实的内心城堡，那么我们就能在种种不安适的状况下安之若素了。

许多东西是被我们的心态糟蹋的。一个好的少年，求学识，健康有才华，也许只因为过多的贪欲，就会走错路毁了自个儿。高官的腐败，不外乎也是这些。是我们不相信这些美好，美好的东西才真正离我们而去的。

以一种恬然的心态活在不确定当中；以一种内心的富有，在生命的破损处修筑一个康复的城池；以一种相信的眼光，去相信生命中的美好；再以一种大气与这世界相容，去包容种种不如意……

菩提树下，拈花微笑的就是你了。

美 与 瞬 间

自然的法则很残酷：它竟然是以丑来掠夺美，以瞬间来呈示永恒。这世间没有永恒的东西，一切都是瞬间，没有任何人能挽留住些什么。

正如清晨的远山，旭日煦煦，轻柔虚缈的白雾在山间缭绕，是那样超脱凡尘而不可及，是那样娇美飘然，然而它就只呈现那么一瞬间，雾散尽，山依然，水依旧。这使人联想起一个少女的青春时代，那娇美光洁的面容，灵敏轻盈的腰身，一旦岁月流逝，却无可例外地呈钟老状。

这是丑对美的掠夺，也正是时光的辩证，这是一种残酷而令人心酸的美丽，而人也正是这时光辩证交错的产物。人永远喜新厌旧，有了丑的掠夺，美更令人灼目，珍贵，有了时光的不可倒逆，才呈现了以"瞬间代替永恒，以回忆追寻往事"。花开的结局是花谢，欢笑的背后是痛苦，聚的欢欣之后是曲终人散茶已凉。既曾经欢笑又何惧悲泣？既有聚之欢欣又何叹人走茶凉？既已知生又何惧死？

站 台 无 声

　　与外甥女娇去站台送姨，我又要赶着回来上课，车还没到，我急着要走。娇便说："让我们送姨上车吧，我还从来没送过人呢。都是别人送我，你不知道每次我坐在车里，心里有多难过。"

　　我总把娇当小孩子，见她说出这样的话来，忽然间感到她已告别了她过去的样子，长大了。她去北方的一所大学读书，每次离家，都是我们送她，她也没对我们说过她的感受，她是个比较内向的孩子，不大喜欢说些什么。这是她人生中经历的第一次远别，她到校的第一天就在倒计时地算着返家的日子。这已是她人生的第几个站台呢？

　　母亲的子宫算是人生的第一个站台吧。生命的第一次剥离，告别了母体安全的保障，作为一个独立的个体来到了人世，从而去经历他一生要经历的。第一次走路，便告别了在母亲怀抱的日子；第一天上学，便开始了知识的征程……

　　我第一次离家时不到十二岁，才多大点儿的人呢，生活还不大能自理，在县中寄宿时，记得自己还长过虱子，得过皮肤病，甚至还尿过床。虽是这般不堪，却终能完全一个人独自生活了。

　　二十岁时参加工作，第一次工作，我们便告别了父母的羽翼，独自去面对自己人生的风和雨了。在风雨中，我们的羽翅锻造得更为坚硬，迈出的步子逐渐稳健。每一次离别就是个体的一次成长，就是一次蜕变，脱离旧壳，迈向新的开始。

"小妹——"母亲坐在我床头，用手抚摸着我的额头，俯身轻唤我的乳名，我病时母亲常这样怜爱地呼我小名。醒来，母亲已远走，便是梦罢也好……

这一生总在不停地告别：向亲人朋友告别，向逝去的以往告别，也在向自己的青涩告别，灵魂停靠在肉体这个站台上，最后向我们自身的生命告别……告别构成了人生的主旋律，人生的主题在一次次的告别当中提升；告别是一次次果敢的舍弃，也是一次次英明的抉择，一次次新的起航；是一次次无奈的失去，又是一次次惊喜的获得；一个个行经的站台在身后飞逝，我们怀着依依不舍，怀着对前方忐忑不安的心态，告别了旧的站台，在时光无情的列车上，容不得我们驻足停留，就又要出发……

在时光无声的站台上，在时光这趟永恒行走的列车上，作为匆匆过客的你我，当行至必定的终点站时，这一行程是精彩还是灰暗？是无怨无悔还是充满遗憾？是一无所获还是满载而归……

随　想

在这小村黄昏的沉静里，一切都远去了。

顺着小溪的源头，在黄昏的暮色中，平缓地流着，源头的水面平滑，泛着天边的霞光，两岸是青青的杂草，掩映着小溪，小溪流淙淙地流着，轻唱着眠曲；山照例在霞光中异常清绿，黄昏不着痕迹地洒下它柔和的余光，洒着这万物，一切都很平和，宁静。溪流渐渐地由蓝变暗，变成无色的透明，倦鸟也已归林，不再鸣唱；只有虫儿不知疲倦，组合成田园的乐章。

被眼前的景象所感染，我突然间悟出了些什么：知道该来的会来，总会有属于你的，一切的事情自会按它本来的规律运行，并不是你超前的忧虑所能解决，否则反而会荒弃了眼前这段宁静无扰的日子。否极泰来，谁能料呢？组合成我们的日子并不多，当一切年少时的理想、冲突都平息下来之后，心灵便获得了一份宁静无扰，而所有的经历便使自己犹如金秋十月，滤出一份成熟与从容来；仍然保持一份纯真及童稚，理想不再成为一种遗憾，不幸也不再成为一种痛苦，所有的往事皆已在岁月中沉淀，流逝。

所树立的理想也已只是一种活着的目标，但不是唯一的，努力要有个方向指引，岁月沉淀出的这份从容与理悟，仿佛世事皆如风，只要努力而为，又何惧不能实现的苦痛呢？一切美并不只在顶峰，过程永呈一种攀登之势，更是一种美丽。相反成功之后，狂喜过后，反而会有一种平淡与麻木。

　　我不知自己到底有多大的能力，我只是在努力，我不再关心努力的结果，无论境况如何变化，人生无止境的劳役中，遥远的梦总在前方向我招手，我必须像希腊神话中的西西弗一样周而复始地永远听从它的召唤，追随着它……

　　我不知这样的心境处于什么样的年龄层，我想一个人如能在逆境中意气平和，为人处世，有真知亦有圆机，就会内心自有旋转乾坤的经轮，心体澄澈，坦荡安然，通体散发着阅尽世态人情的人格魅力。"宠辱不惊，闲看庭前花开花落；去留无意，漫随天外云卷云舒。"人品到了极处，无有它异，只是本然，这真是一种人生之大美。

喜 衣 记

　　每个女子对于服饰总有一番纠结吧，人与衣之间也讲究一定的缘分，为何你独爱这件却不喜那件，想必也是有一定道理的。人与衣之间也有一种归属感，穿对了衣，衣跟对了人，两者相得益彰，互为添彩，否则即是互为敌了。看到一些漂亮脱俗的衣裳穿在一个俗不可耐的躯体里时，会为衣裳抱屈。也许也不符当时设计师的一番心意吧。反而，脱俗之人穿着俗不可耐的衣裳时，明珠暗投了。

　　衣裳里有着很多记忆，贴在肌肤上，犹如人的第二张脸，整个青春时光全淹在难看的衣着里，想起来竟没有光鲜的时候，生得一般的女子，如又心高气傲然，那必然是要通过衣饰来表达这份卓尔不群，把这份傲然隐在独具一格的衣着里，冷眼旁观，华服下每个人的内心世界又是如何？

　　及至中年，身形已变，脸也不复光嫩，心却安然了，着装再不是为了谁，纯粹地是在衣着中寻找另一个自己了。随着衣着的变化，看自己演绎的万般风情，时光也亦沉淀，安然的心里，能静静地安然地接受着自己种种不如意，甚至有点喜欢着自己诸般的不完美。女人与自己达成了和解之后，便会千般地宠爱着自己，再舍不得自己受委屈了，也舍不得让自己再为谁伤心，欣欣然地在衣着里寻着一个又一个自己，自赏的女人是无求的，而一个无求的女人，外界又如何能左右得她呢？

红尘如斯，美好且温暖

也许男人对于惊艳的女子情有独钟，自古以来，皆是窈窕淑女，君子好逑。其实，对于女人而言，那惊鸿一瞥引起的内心的战栗，以及之后长长的人生中无尽地回味却也不亚于男子好色般的惊扰。

对于男色，多半时候自觉自己是块绝缘体，与他们相处之时，并不觉着有性别差异，那多半因为现实当中对于身边的男子多是无感的。却也有极少数时刻，那些惊鸿一瞥般的男子却在我的心海里长存了下来，往往是那些只见过刹那之后便永隔天涯的男子在我心中鲜活起来，就那样成为一道心中的风景线装点着心灵小屋，而成为了别人心中风景线的人却多半是不知的，但恰是这样却无比地美好并温暖着这冰凉的尘世。

那时还是年少，在昆明世博园的斯里兰卡馆，高高的舞台上那两位奔放的舞者，起初不经意，只是一味地去凑热闹，挤到前台来，傻巴巴地仰着头目不转睛地盯着台上的舞者，欣赏着这样的一幅异域风情图，却不料其中一位舞者热切的目光越过众人却仿佛只盯着我一个人看似的，奔放的舞姿，动感优美的旋律，以及他粗犷的雄性的生命力量混合着渲染出了一种难言的意境。他目光里火一样燃烧着生命的热烈，一刹那竟让我恍惚起来，竟不知自己身处何方了。醒过神来时，赶紧低下头来，不敢再看，再看怕自己被那一团烈火焚烧……

再一次是在桂林前往阳朔的大巴上，他坐在一个靠窗的位置，我要看甲天下的桂林山水，必要先越过他雕刻般的面部剪影，就那样一个轮廓分明的侧面，却有着山一样的凝重，这样的一个男子是静立的，却让人感觉有着高山般的厚重，沉稳，他无语，在我眼中却成了一幅比桂林山水更美的画。

还有一次是在北京故宫的入口处，遇到的是一群老外，金发碧眼，各种肤色全有，其中的一位中年男子，言语不多，离别之时回眸冲我一笑，那笑像莲花初绽，缓缓，却集修养、学识于一身，有着一种人性最柔处的体贴及温情，配着那与生俱来的翩翩风度，无比英俊的西方人的脸庞，同样，这缓缓如莲的微笑亦从此根植于我心中，不再败去……

最近的一次是在拉萨，这是我见过的最干净的目光，我不经意入得一家路边餐馆来，他坐在我前桌，着藏袍，脸上泛着高原红，脸是康巴汉子典型的脸型，也许是高原这片净土抑或是一种信仰的力量，他成人的脸上，神情却是无比地干净，我第一次在成年人脸上看到婴儿般的感觉。他仿佛初生，剔除了一切功名利禄，纷争，男人的脸原来应该就是这样的。我只能用无邪与纯净来形容他。同样那如婴儿般初生的洁净亦注入到了我的心田，想起这纷杂的世界时，他能让我安静下来。

红尘如斯，美好且温暖。

一个人的旅程

　　我是在母亲离世之后真正意识到生命是一个人的旅程的。

　　当母亲在最后的日子里，剧痛让她根本无法睡觉时，只能依偎着床头醒着，独自忍受，而不忍心叫醒疲惫地睡在身旁的我时，我竟不能替她痛，不能替她病，不能替她死。母亲的生命异常的顽强，在弥留的时光，我旺盛的生命活力无法给予她一丝一毫。她独自扛着她的病痛与苦难，在这些病痛面前，我只能是个心痛无比的看客。

　　母亲走在她一个人的旅程上，作为女儿的我，想扛着母亲前行，正如母亲总想把她那双明亮的眼换给我。可我终究无法替代母亲的脚步。

　　生命只能是一个人的旅程。

　　意识到这点后，我陷入了无尽的空茫与孤独之中。与此同时，我知道从此我必须完全对自己负责了。不会再有任何人对我负有什么责任了。

　　人的心理的成长是个艰难的过程，内心要达到一定的境界，必是要经历一定的世事的历练的。当我最初意识到生命是一个人的旅程时，我惶惑不安，对于孤独，我是害怕的。十八岁之前我最大的恐惧是母亲有一天会离我而去。当每个人都得独自面对死亡时，我们的生命其实只是一瞬间的事。你的生命的每一步都得是你一脚一脚踩出来，你的生命历程必是用你自己的脚丈量出来的。这一点谁也帮不了你。

很多时候我们都是仰仗于外界，我们与这尘世有着千丝万缕的瓜葛，这瓜葛也是一种牵绊，这牵绊有苦有乐，苦乐的人生多少减轻了生命固有的孤独，但归根结底，生命还是一个人的旅程。

一个人的旅程，从呱呱坠地时开始，就与父母开始了人生的航行，这时我们的脚步踉跄，还可以抓住父母的手；接着就到了求学的年纪，我们凭着自己的能力求取着知识的琼浆，我们有玩伴和学友，有无话不谈的哥们儿，我们在亲情、友情、爱情的热热闹闹中感受着生命的欢欣。这一过程中，你已慢慢走出了一份只属于你的轨迹，没有任何人可以替代。

意识到生命是一个人的旅程后，我反而心安了，反而更能接受这生命与生俱来的孤独，在这样的孤独中我从容地梳理着我的思绪，随着自己固有的内心渴望活着，自己真正想成为什么样的人，自己对外界有些什么感受，都是自己独有的。当我知道这世上不可能有一个人能完全理解自己，这种情景是必然的时候，我安于了这样的不被理解。我真实地做着自己，经历着属于我的生命该经历的一切。

当我不能被外界所理解时，于是我试着用文字来诠释自己，不是为了得到理解，而是想着记录下生命成长的历程，留下生命的痕迹。尽管除开我之外不会再有任何人对这样一份痕迹感兴趣。"天空了无痕迹，而鸟儿已飞过。"这是一种创造的过程，这过程不必要得到外界的认可，它是每个生命所独有的。一个人的旅程，在于你的每一步的迈出都得你自己来完成。

　　有一天，我们会变得一无所有，无所依托，你所有挚爱的人都会一一离你而去，有一天，你也要告别所有的这一切。一个人的旅程要如何去抗拒这份孤独与无助？

　　一个人的旅程，是一个人的一场戏，所有的人皆不过是看客，无论戏精彩与否，你都不能谢幕，你也不能逃脱幕落的结局。坎坷、洪流、风暴，这出由看不见的命运与自己合演的戏，每一步你都得亲为。

　　当孤独再次席卷而来，我不必落荒而逃了，当苦难不期而至，我已有了坦然受之的襟怀，这是生命历练的途中馈赠给我们的。

　　一个人的旅程，有时哪怕只能像一棵植物一样活下去，那么我的每一片枝叶也都是张开的，承接着哪怕很细微的一滴雨露，一线阳光，都要给自己一份滋润，一份生命内在的张力，更要给自己一个石头缝里蹦出的春天。

"妖"

　　一日，我一位好友很不开心地对我说："怎么有人这样说我——都是老女人了，还穿得这么妖，她为什么叫我老女人呢？我不就是穿得时尚些，喜欢把自己拾掇得齐整些才出门嘛。"她一脸无辜，我却已心知肚明：

　　好友已经奔四，却还未婚，首先这一条就不入很多人的眼了，可她偏是个不食人世间多少烟儿的主，她的心态仿佛婴儿般，一般的人情世故，一到她那就全失灵了。她对人真诚善良，分析别人的能力却很低，故屡屡被人所伤，好在她自愈能力亦强，强风暴雨过后，她却如同没事人一般，也许这是她年奔四十不显老的最主要原因吧。

　　其次她为人极为简单，所有复杂的框框套套一到她那自动瓦解，她返璞归真的活法让她有很多知己，同样也存很多异议。

　　其三，她这人好像天生生下来就与众不同，凡她所做的，别人多半想都没想到。打个最简单的例子就是她的衣着，她的穿着似乎是别人想都不敢想的，她着装的色彩强烈冲突，浓绿配上艳红，她却能把它们引领到一种飘然轻灵的韵态里，相得益彰；再拿她的爱情来说吧，她一直一心一意地等待着与她能心灵相汇的那个人的到来，而我们俗人罢，寻不着理想的逮着个现实的，将

222

就着也就把这终身大事给打发了，她却能耐得住寂寞孤独一直在等待，而这等待的过程里她的人生却也过得缤纷五彩，自得其乐。她脸上倒见不着几分落寞，只怕活得比那些怨妇们自是潇洒。

也许是她一直澎湃着这样一种蓬勃的活力，也许是她新生儿般的心态，抑或是她超强的自愈能力，她活出的那份洒脱超然真的不属于咱们普通人的范畴了。

我一直记着她那句话："人活着短短几十年就要活出自己那份味儿，否则白活了。"可是有多少人能真正活出自己那份味儿来？如她那般活着，在别人眼里却是那么妖的老女人了。你有这份活得这么"妖"的胆吗？

我们老的只是肉体，精神却是可以不老的。可许多人精神老得比肉体还快，比脸上的沟壑纵横更可怕的是一个枯朽的灵魂，一个充满算计，充满仇恨刻薄的心灵，哪怕他有着天使般的容颜却也是丑陋的。

是有这么一种人，他的精神似乎是永远不老的；是有这样一种另类，能够完全活在他自己构筑的精神王国里，在这片灵魂的乐土上，洋溢着的始终都是春意……

喫 茶 去

记忆里关于茶的部分极其有限，只记得小时候在湖南，大雪纷飞的日子，家里要是来了客人，父亲就会叫我泡一碗茶，端给客人。说是茶，其实很简陋，用平时吃饭的碗，丢几枚茶叶入其中，从火炉上提起烧得滚烫的铁壶往碗里注入沸腾的水，卷曲的茶叶一会儿工夫就舒展开了，再撒上几粒野生花椒，寒冬里倒也生出几分暖意。那时好像整个村子里都是如此待客的，那时的茶，是山上的野茶，自己采自己制，没那么多讲究。平日里一家七口人和乐融融地围坐在堂屋的火堆旁，手里捧着大碗茶，快意地啜饮着，热腾腾的茶水入得体内来，浑身便暖了起来。

离开了湖南来到了广西，许是冬天不再严寒的缘故，也许是离开了喝茶的氛围，父亲就不再叫我倒茶了，他自个儿也是买些极便宜的绿茶，一个搪瓷口盅就把喝茶的事情解决了，记忆中的父亲似乎很享受手里拿着搪瓷口盅喝茶的时刻。

我自己是如何喝上茶，爱上茶的，我记得很清楚。秀，我的一位好友，初见她时就有彼此是同类的直觉，同类之间有着异常灵敏的嗅觉。她邀请我去她那喝茶，最初喝的是铁观音，从此铁观音的清香就留在了唇齿间，初识茶香味后就一发不可收拾了。秀与她的茶香标配的还有她一手钟灵毓秀的古筝，两人之间，一位品茗，另一位就清弹一曲，颇有一番兰亭荟萃之意。

喜欢上了喝茶，无来由地就喜欢上了蹭茶，蹭茶的最高境界就是蹭出一位好友来。记得在丽江闲逛时，入得一家名为"蜡魂"的蜡染店，店内的装潢艺术氛围很浓，店主人摆了一桌茶席，茶席布置得很雅，一看就有了蹭茶的兴趣。店主人很是随和，随意地向他提了几个关于蜡染的话题之后，店主人便如数家珍地一一介绍起他的每一幅作品的构思，意图，寓意，制作工艺来，兴高采烈之时当场表演起蜡染来，他说得多了，自是口干舌燥，自然地喫起茶来，而我当了这么久的听众，自是兴致盎然，同类之间一嗅便知"臭味相投"。于是，端坐下来，捧起茶杯，在普洱茶的醇酣里畅谈，宾主尽欢。

"一入茶门深似海，此生只向茶低头。"渐渐地成了茶痴，从最初的随意到后来的精益求精，再到吹毛求疵，此生只向茶低头了。记得去一家茶店买龙井，试喝的是 AA 等级的龙井，口感不错，于是买了 2 两，回到家后一喝，味道却不对。带着疑惑去问店主，才知他的店员错拿了 A 级龙井给我。店主赔了半袋 AA 级龙井作为道歉，顺带捡了我这个茶友。

喝了各种各样的茶，铁观音、龙井、碧螺春、冻顶乌龙、英德红茶、大红袍、金骏眉、君山银针等等，喝茶喝到最后一定是普洱，普洱有纳百川，收百味，吐纳风云的大气象，也许普洱是大多茶痴的九九归一吧。喝茶，从茶的成色，泡茶的技艺，到茶席的布置，变得越来越挑剔，舌尖也愈来愈敏感，舌尖竟能分辨出普洱的年份，也能感受到泡茶的时间长短，稍不留心，舌尖就不乐意了，这茶不是泡硬了，就是水温太低，没有泡出茶的香气。对待一款昂贵的茶，我竟战战兢兢起来，不知如何伺候好它，方不负它不菲的身价。茶亦变得精致唯美起来，它高高端坐在王座之上，我反而成了它的臣子。一旦刻意了，小心翼翼，不知不觉间就被束缚住了，这时茶已不是茶。就像我们过多地关注旁枝末节，反而忽视了本体。

这时想起小时候隆冬腊月里的那碗茶来，心头升起了浓浓的暖意，记忆里家的温馨全在那一碗古朴简陋的茶里。

自此喫茶历经了三层境界：茶是茶，茶不是茶，茶还是茶。茶里自有乾坤，喫茶去，俗世清欢，三两知己，围席一坐，天方地圆，自成一统，茶的清香主宰着味蕾，茶趣盎然之际，赏心只有两三枝，不亦乐乎！赵朴初为《赵州禅师语录》题诗，云："万语与千言，不外吃茶去。"

无心插柳柳成荫

——我的业余文学创作心路历程

　　对于写作的最初动机，可以追溯到二哥在高中时发表在《田林文艺》的前身《春笋》上的一篇文章《我的外祖母》。记得那篇文章很长，几乎占了整个版面，也记得当时母亲的神情很自豪，逢人便拿出那张有哥哥名字的报纸，那时的《春笋》还是一张小报，纸质也不是很好。我心下就想，赶明儿我也写一篇试试，让母亲也为我乐一乐，傲一傲。

　　一九九四年我刚参加工作不久，起初是在乡下供销社，后来改行到了乡政府，也许每个母亲对她刚长成而又要学着去独自面对风雨的子女总是满含着担忧，这些担忧体现在每回离开母亲回乡下，她便总要到车站来送我，有一天，她居然递给了我一朵带叶的玉兰。她知道我晕车，就想出了这么一招，用玉兰的幽香驱赶汽油味。于是我的处女作《一朵带叶的玉兰》便出炉了。当时的《右江日报》副刊编辑是陈耀龙先生。我拿报纸给母亲看，她很高兴，也很自得，在一边看着的父亲坐不住了，"有写母亲的，怎么没写父亲的呢？""哪一天我肯定会写一篇关于您的文章的。"我笑嘻嘻地对父亲说。后来，在父亲去世后我写了一篇纪念他的文章《云翳》，发在了二○○七年的《田林文艺》上（由于题目晦涩难懂，编辑改为了《看云》），只是父亲看不到了。

发表了处女作之后，我并没有要写作的意识，当时心思全用在工作上了，工作不断更替，每换一次工作就得从头学起，那时又改行做了英语老师，整日忙着学英语，渐渐地文学离我很是遥远了。

二〇〇四年兴起了网络文学，而我涉足网络文学很偶然，无意中浏览到了一份帖子，文字极美，画面雅致，配的音乐亦很清幽：原来是一家文学网站"心缘之梦"的帖子，注册成了它的会员后，我便不停地发稿，原因是想要得到编辑配的精美的图片与动听的音乐。后来得知为我配图配乐的是网站的站长心缘之恋，他配的图与乐都极为合我的心意。当然最少不了的是网站评论员的评论，还有其他网友的评语。第一次感觉到可以在这与人通过文字交流情感，分享文字的快意了。最负责任的当属月圆中秋与月魂轻舞了，对《两间老屋》，月圆中秋是这样评的：看似平凡的事物在你的笔下皆有了情感与生命。天光云影评：老屋的一切和母亲联系在一起，它是我们心灵的一处温馨港湾。站长给《笑对人生风雨》下了这样的评语：好一个飒爽英姿的女子，笑看人生，乐对人生。谢谢他们，在他们这样无私的鼓励下，给了我极大的动力和灵感，我一口气写下了一百多篇文章。也与他们成了知心的文友，月圆中秋也在《燕赵晚报》上发了颇多的文章，受之于她的鼓励，我也把我在网络上写的这些文章投了《右江日报》。

二〇〇六年一月十二日，一位同事对我说："我在报上看到了你的文章。""是哪篇？""《莫做暗礁》。"事隔十二年之后，我再次尝到了那种喜极而泣的感觉，犹如在无边的黑暗中摸索突然现了一线光明。《童年的界定》《笑对人生风雨》《春语》等文章陆续发表了。梁会平这三个字在《右江日报》上重复出现了多次后，县文联主席吴鸿村先生慧眼识珠，（呵呵，如我算得上珠的话）把我纳到了他的麾下，成为了田林县文学协会的一名新成员，经他的引荐在二〇一〇年继而成为了百色市作家协会的一员。每一篇文章的发表，都及时地得到了主席的评价与鼓励。在我网络文学的热情消退之后，在现实中又遇到了主席这样的伯乐，真感谢有文联这样一个组织，把我们这些散兵游勇般的写作业余爱好者召集到了一起。我也从中认识了本县的其他文友：农绍福、蓝绩群、王韩辉、黄芙秀、饶珍珠等，也得以与本县籍的作家黄爽、姚茂勤等结识，才知写作不是独行侠，原来有如此多人同行，且他们都远远走在我的前面。自此，文友之间便通过彼此的文章来关注对方，或景仰，或点拨，或学习，写作蔚然成风。

我深深沉浸在文字的墨香里，也许每一位平凡的作者身后就站着一位杰出的编辑，作者与编辑之间存在着一种精神乃至灵魂的共通，而这种灵魂上的共通与默契简直美不胜收。我与《右江日报》副刊编辑岑运权先生长达四年之久的写与编、投与发之间的默契是我心灵上最大的一笔财富，获益匪浅。岑先生仿佛知晓我每一字里行间所要表达的深意，而我甚至能感觉到他哪一天会在副刊版面的哪个位置登我哪篇文章。比如二〇〇九年高考在即，我的《蟹爪兰的春天》专为我带的高三毕业班159班而写的，鼓励他们不要气馁，如我所感所愿地就在高考前几天登出来了；而我那只充满了人性的《小灰鼠》则排在一群名人字画之间，小小一只《小灰鼠》却揭示了"人类又岂能以狭隘的人类法则来衡定自然的一切呢？"这么一个大主题，总之我能知晓他每一编排的深意。

然而更多的是隐藏在我每篇文章发表背后的编辑所付出的辛劳，他们是良师，指出我的很多不足：《十元》中"明与小玉惬意地坐在树阴下。"当时我执拗地认为应该是树荫下，经岑先生查证修改之后才知该是树阴下；《西藏，白云和着阳光跳舞的地方》此文，我原来的题目《西藏印象》平淡无奇，经编辑的修改之后，变得灵动并赋予了生命，而且原文长五千多字减到两千五百个字，这期间编辑不可谓不辛苦啊。

县文联为了让我们这些业余写作爱好者能得到更高一层次的文学熏陶而特意举办了多次笔会，还有多次采风活动，我们得到了更高一层次的文学大师的鼓励与点拨。原漓江出版社社长彭匈先生点评我的《两间老屋》："作者叙事从容，波澜不惊，老屋记录了两代人的经历，其中尤其以外婆与母亲为主线，如能更多地刻画在老屋那段艰难岁月，文章就会更丰实。"后来我依彭先生所言，加了一千字左右细细刻画在老屋的那段岁月，文章比原先更为丰实了。此文在《百色文艺》二〇一〇年第一期刊出了。

由于写作者自身的素养决定着作品的高度，因此每一篇文章都是有局限性的，写作者自身也在此过程中成长：从青涩幼稚到老练成熟，从清新淡雅到伤感沧桑，从小格局到大格局……一个人的眼光，见解，感想，多半也带着些共性，于是读者会在写作者的文字中看到自己的影子，在文字里寻求着同感共鸣，相同灵魂的共语，在文字中达成了。我很庆幸也有着这么几位铁杆级"粉丝"，梁勤可说是一位最匠心独具的好友兼"粉丝"，为了让我把《梦回黄姚》打造成精品，冲刺更高一级的文学刊物，她给出的意见甚至比我文章本身更匠心独具，堪称一绝："《梦回黄姚》美文，已一读再读，之所以没有及时'点评'，是因为想着'点评'不能光说赞美之词，也不能泛泛而谈，总要有些实在的、可以让文章更为完善的建议，但读了多遍，总是被其辞采所吸引，被其情感所左右，竟是一时半会提不出意见。我不服气，隔了一段时间再读，还是如此。这应该能说明，文章是很有感染力的。作者不是作为一个走马观花者去游览黄姚，而是以一颗赤子之心去感受黄姚，把黄姚作为梦中的故园，贯串其中的'情'是文章最动人的地方。要说不足，因为文章的主线清晰，情韵流畅，所以我琢磨了许久，也仅能就文辞方面提出一些意见。个人最喜欢"灵""韵"两小节，纯粹跟个人的审美取向有关，无关乎各小节的表达优劣。'柔'小节，取题'九宫八卦布局'，意在强化突出黄姚之'柔'，但'九宫八卦'概念有其特定特点，浙江诸葛村里的布局，可以说是较为典型的'八阵图'，但黄姚的布局，并不那么典型完整，建议换个标题。还有'藏'一节，'荒村里的隐士'为题，意境太过枯寂，其实文段想表达的是黄姚有一种藏龙卧虎、吐纳风云的大气象，'隐士'分量稍轻。最后一点意见，中国在传统上以'三'为美，如'一唱三叹''阳关三叠'等，文章分为六个小节，稍碎了一些，虽无伤大雅，但若要成为精品，须得忍痛割爱，合并成三四小节足矣，比如'情''灵''韵'合并等或其他方案。最后一点，权当吹毛求疵。"虽然后来我还是觉得按自己的思路更合适些，但她的这份用心让我很是感激。

　　还有老马、阿苏、丽丽、老廖、秀等都是我心灵的共语者，她们在我的文字里几进几出，提出宝贵的意见，以欣赏的眼光看待我的拙作，让我不停地写出更好的文章来。更要感谢的还有黄承基先生，百忙之中热情地为我写了序。

　　文字是人类独有的除了温饱之外而创的精神层面上的东西，它虽不能带来丰厚的物质收入，却能给心灵带来极大的愉悦，正是在这种巨大的愉悦感里，我们这些散兵游勇们在业余时间里乐此不疲，正所谓无心插柳柳却成荫，不期然地有了一点小小收获；同时文字还为我引来了一群良师，一帮益友，它让我在精神王国里富而不穷，也让我暂时逃离了柴米油盐的围追堵截，让灵魂在它的世界里轻灵地上升，得以俯瞰芸芸众生，关注着苍生之疾苦……

虽天资愚钝，我仍愿深深地沉浸在文字的墨香里，担负着文字所赋予的使命，直到地老天荒……

最后，深深感谢县委政府拨给出版扶持专款，才使我圆了出书的梦！